W0004978

Inhalt

Uli

Name: Ulrich, genannt Uli, Professor oder Kommissar
Kennzeichen: sagenhaft dürr, groß, runde Hornbrille, kurzgeschnittenes Haar, altmodische Kleidung
Wichtig: unglaublich gute Noten, Klassensprecher

1. »Ich heiße Marion«

Verzweifelt stemmte sich Uli von innen gegen den Kofferraumdeckel. Er war gefangen. Er drückte und drückte, aber das Blech gab nicht nach. Er hörte sich schreien, sah, wie ihm die Tränen die Wangen hinunterliefen, und hörte von draußen ein lautes, hämisches Gelächter. Dann sah er, wie der Mercedes eine hohe Uferböschung hinunterflog, sich überschlug und langsam in einem kleinen See versank.

Uli spürte das Gefühl im Magen, das man hat, wenn man hinabstürzt. Noch verzweifelter wurden seine Anstrengungen, sich aus dem Gefängnis zu befreien. Wasser drang i[illegible] den Kofferraum. Er bekam keine Luft mehr. N[illegible]hmals ein letzter Aufschrei – und er erwachte.

Schweißgebadet saß Uli i[illegible] Bett. Es war dunkel; nur von der Straßenlaterne fi[illegible] ein schwacher Lichtschein in den Raum. Er atm[illegible] schwer, schüttelte den Kopf und schaute ung[illegible]ig auf sein weiß bezogenes Federbett.

»Puh!« Er stöhnte auf. Alle[illegible] nur ein Traum. Daß ihn die Geschichte imme[illegible] so beschäftigte … Er schüttelte wieder der[illegible]

Es war jetzt doch schon eini[illegible]e her, daß ihn seine Freunde überredet ha[illegible]utodiebstahl aufzuklären. Weil er seinen Spürsinn schon bei anderen Gelegenheiten gezeigt hatte, trauten sie ihm das zu. Und er hatte auch wirklich etwas erreicht. Sogar das gestohlene Auto hatten sie gefunden. Doch dann waren die Autodiebe gekommen, und er hatte sich zusammen mit Meggi im Kofferraum verstecken müssen. Bis nach Italien waren sie so geraten, wo ihnen endlich die Flucht gelang (siehe »Uli kann's nicht lassen«). Und nun hatten seine Gedanken solch einen verwirrten Traum daraus gemacht!

Er fuhr sich durch die Haare. Dann legte er sich wieder hin und versuchte weiterzuschlafen. Aber nun war es vorbei. Er war hellwach.

Von der Kirchturmuhr hörte er fünf Schläge. Und während er doch noch etwas vor sich hindöste, wurde es draußen langsam hell.

Uli stand auf. Er zog die Vorhänge beiseite und blickte zum Fenster hinaus. Soweit sein Auge sehen konnte, lagen Felder und Wiesen vor ihm in der Morgendämmerung. »Flach wie ein Pfannkuchen«, murmelte er.

Von daheim war Uli eine hügelige, bergige Landschaft gewohnt. Gestern, am späten Nachmittag, war er mit dem Zug bei seinem Onkel angekommen. Er durfte fast die Hälfte der Ferien hier verbringen. Schon lange hatte er sich darauf gefreut. Sein Fahrrad war auch mit der Bahn gekommen, und Uli hatte schon zu Hause genaue Strecken ausgesucht, wohin er fahren wollte. Das wird bestimmt leichter als bei uns sein, dachte er, keine Berge, keine Strampelei.

Uli wußte, daß er hier richtige Tagestouren machen konnte. Sein Onkel und die Tante wollten nur wissen, wohin er fuhr; ansonsten hatte er völlige Freiheit. Es waren ja auch Ferien, und er war kein kleines Kind mehr.

Er streckte sich noch einmal richtig, wusch sich und zog sich an. Dann setzte er sich auf das Sofa, das in seinem Zimmer stand, und nahm seine Bibel zur Hand. Ja, Uli las jeden Tag darin. Er verstand längst nicht alles, aber je mehr er darin las, um so mehr verstand er. Zu Hause ging er regelmäßig in eine christliche Jungschar. Dort hatte er auch einen Bibelleseplan erhalten. Für jeden Tag waren darin einige Verse aus der Bibel angegeben, die man lesen sollte. Und dann wurden diese Verse ganz leicht erklärt.

Uli betete noch und ging dann in Richtung Küche. Bestimmt war seine Tante schon auf, denn er hatte Teller klappern hören.

»Guten Morgen, Tante!« rief er von der offenen Tür aus in den Raum hinein.

»Guten Morgen, Uli! Schon wach?«

Ulis Tante war eine etwas mollige Frau. Ihr Gesicht war fast immer leicht gerötet. Sie hatte eine weiche, warme Stimme, und ihr fröhliches Gesicht milderte den Eindruck, den ihre streng nach hinten gekämmten grauen Haare machten. Auf ihrem Hinterkopf war alles zu einem wahren Kunstwerk von Frisur zusammengeflochten. Uli mochte sie, denn sie war wirklich ein fröhlicher Mensch.

»Na, komm rein, Junge! Du stehst ja in der Tür wie ein Fremder.«

Uli lachte und ging zum Tisch. »Kann ich dir was helfen?«

»Nein, nein. Setz dich nur. Das Frühstück ist gleich fertig. – Stehst du immer so früh auf?«

»Nö, aber ich hab' schlecht geträumt, und dann konnte ich nicht mehr einschlafen.«

»Und was hast du Schlimmes geträumt?« meldete sich eine tiefe Männerstimme von der Tür her. Es war Ulis Onkel. »Guten Morgen denn mal auch!« hängte er schnell noch an.

Er war sehr schlank, hatte wie Uli sehr dünne Arme und Beine, trug wie er eine Brille mit dicken Gläsern und achtete genausowenig auf seine Kleidung. Beide liefen manchmal mit den altmodischsten Sachen herum; und wenn die Hosen »auf Halbmast hingen« – sie störte es nicht.

Uli hatte sein Aussehen den Spitznamen »Professor« eingehandelt.

»Guten Morgen!« erwiderte Uli den Gruß.

»Na, was haste geträumt? Oder willst du nicht darüber reden?« wiederholte der Onkel seine Frage.

»Doch, natürlich.« Und dann erzählte Uli von seinem Traum und der Geschichte mit den Autodieben.

»Das ist ja 'n Ding!« meinte der Onkel, als Uli

geendet hatte. »Da bist du ja ein richtiger Kommissar!«

Uli winkte ab. »Kannst ja bei uns vielleicht den Brandstifter dingfest machen, der hier sein Unwesen treibt.«

»Georg! Jetzt laß doch den Jungen mit so was in Ruhe!«

»Laß mich nur reden. Hier, Uli, schon wieder ist ein Schuppen abgebrannt. Hier! Steht schon in der Zeitung.«

Uli warf einen Blick auf die Seite, die ihm sein Onkel hinhielt. Er sah die Überschrift »Schon wieder eine Brandstiftung« und konnte auf dem Bild darunter die Grundmauern einer verkohlten kleinen Scheune erkennen. Sogar so etwas wie verschmorte Heuballen war zu erkennen.

»Jetzt laß uns endlich Kaffee trinken, sonst wird er noch kalt«, mahnte Ulis Tante.

Hätte sein Onkel Georg geahnt, was er mit seiner mehr spaßig gemeinten Bemerkung angerichtet hatte, er hätte sie gewiß bleibenlassen. Bei Uli hatte es schon »gezündet«. Es waren Ferien; er hatte Zeit. Warum sollte er da nicht ein klein wenig nach dem Brandstifter forschen? Nur – und das wiederholte er sich andauernd – es durfte nicht wieder zu solchen gefährlichen Augenblicken kommen wie bei den letzten Abenteuern (siehe »Uli in Lebensgefahr« und »Uli kann's nicht lassen«).

Uli unterhielt sich zwar weiter mit seinen Verwandten, aber mit den Gedanken war er weit weg.

Wo und wie kann ich anfangen, den Brandstifter zu finden? überlegte er. Man sollte jemanden von hier kennen. Aber Uli war das erste Mal bei seinem Onkel. Na ja, vielleicht kann ich mich mit jemandem anfreunden.

Nach dem Frühstück machte sich Uli auf den Weg ins Dorf; er wollte sich mal ein bißchen umsehen. Er kam an der alten, recht langgezogenen Kirche vorbei, die nicht weit vom Haus seiner Verwandten stand. Beim Bäcker und den anderen Geschäften warf er kurz einen Blick ins Schaufenster – und so kam er bis an das andere Ortsende.

Da sah er es! Das mußte die Scheune von dem Bild aus der Zeitung sein! Etwa hundert, zweihundert Meter außerhalb des Dorfes, rechts an der Landstraße, waren die verkohlten Fundamente sichtbar. »Da muß ich hin!« murmelte Uli leise.

Erst als er die Überreste der Scheune erreicht hatte, fiel ihm das Mädchen auf, das auf der anderen Seite der verkohlten Trümmer stand. »Guten Morgen!« sagte er kurz und betrachtete dann die halbverbrannten Balken und die Überreste der Strohballen.

Uli schüttelte den Kopf. Warum hatte man diese Scheune angezündet? Ob er das Mädchen fragen konnte? Warum eigentlich nicht? Auf seinen Gruß hatte sie zwar nur ein wenig genickt, aber sie machte nicht gerade ein grimmiges Gesicht. Neugierig schaute sie mit ihren dunkelbraunen Augen zu ihm hinüber.

Sie war schlank und etwa so groß wie er. Die langen dunklen Haare hingen ihr lockig bis weit über die Schultern hinunter. Ein Stück neben ihr lag ein recht neu aussehendes knallrotes Fahrrad. Und ihre Kleidung – die fiel sogar Uli auf. Er achtete ja sonst nicht sehr auf so was, aber die Hose und die Bluse, das waren bestimmt ganz teure Sachen.

Uli ging um die abgebrannte Scheune herum auf sie zu. Etwas verlegen schaute sie zu Boden, aber zugleich musterte sie den fremden Jungen neugierig. Wo der wohl herkam? Aus dem Dorf war er jedenfalls nicht.

»Kennst du dich hier aus?« begann Uli sein Gespräch.

»Ja, ich wohne hier.«

»Was war denn in dem Schuppen drin?« fragte Uli weiter.

»Außer den Heuballen nur ein alter Wagen. Da siehst du ja noch die Überreste.« Sie deutete zu dem verkohlten Holz.

»Und die Scheune hat sicher einer angezündet?«

»So stand's ja in der Zeitung«, kam die kurze Antwort.

Endlich hielt sie es nicht länger aus. Wenn er schon soviel fragte – das konnte sie auch.

»Wer bist du denn?« fragte sie etwas unbeholfen.

Uli grinste. »Ich heiße Uli und bin hier bei meinem Onkel zu Besuch.«

»Und wo kommst du her?« wollte sie weiter wissen.

Uli nannte seinen Heimatort. Ehe er weiterreden konnte, fiel sie ihm ins Wort: »Da war ich auch schon mal. Warst ja ganz schön lange unterwegs.«

»Zehn Stunden mit dem Zug. Aber ich hatte was zum Lesen dabei.«

»Übrigens – ich heiße Marion«, stellte sie sich vor.

Nun entstand erst einmal eine längere Verlegenheitspause. Endlich suchte sich Uli einen Stock und stocherte in den schwarzen Holzstücken herum. »Warum hat er das nur gemacht?« murmelte er vor sich hin. »Weißt du, wem die Scheune gehört, Marion?«

»Warum willst du das denn wissen?«

»Ach, es interessiert mich halt.«

»Der Besitzer ist ein Bauer, er heißt Wilhelm. Wilhelm mit Nachnamen. Seinen Hof kannst du gerade noch da hinten sehen.« Sie deutete auf eine Ecke des Dorfes.

»Mm. Weißt du, ob er Feinde hat?«

»Feinde? Was interessiert dich das denn, Uli?«

Aber ehe Uli antworten konnte, hielt ein Wagen neben der abgebrannten Scheune. Ein kleiner, schlanker Mann mit braunem Anzug stieg aus und kam auf die Brandstelle zu. »Guten Morgen, Kinder! Stochert nicht soviel herum.«

»Guten Morgen!« grüßte Uli. »Ich habe nur mal kurz . . .«

»Ist nicht schlimm, aber laß es trotzdem lieber. Die Polizei hat zwar schon alles untersucht, aber ich will doch noch mal nachsehen.«

»Sind Sie von der Kriminalpolizei?« wollte Uli wissen.

»Nein.« Der Mann lachte. »Ich bin von der Versicherung und muß die Sache untersuchen. Hab' in der letzten Zeit ein bißchen viel Arbeit. Schon der dritte Brand in zwei Monaten. Und immer Brandstiftung. Hoffentlich kriegen die den Kerl bald. Dann ist wieder Ruhe.«

»Wir dürfen doch dableiben, oder?« fragte Uli, während der Mann über die Fundamente stieg, sich bückte und die Überreste untersuchte.

»Ja, ja. So was interessiert dich wohl, was?«

Uli wurde etwas rot. »Das schon.« Auch Marion blickte neugierig zu dem verkohlten Heu, das der Mann gerade untersuchte.

»Seht ihr, eindeutig: wieder Brandstiftung!«

»Woran sehen Sie das?«

»Komm mal her!«

Uli trat neben ihn, und auch Marion stand nun ganz nahe an der Mauer.

»Hier, seht ihr das Heu? Alles ganz fest. Es muß von außen angezündet worden sein. Hätte es sich selbst entzündet, wäre es lockerer, und ein ›Luftkanal‹ müßte dasein. Ohne Sauerstoff brennt eben nichts.« Er lächelte.

»Daß man das so leicht erkennen kann!« Uli kam aus dem Staunen nicht heraus.

»Leider sieht man es nicht immer so gut. Durch das Löschen gehen manchmal wertvolle Spuren verloren. Aber das kann man eben nicht ändern. – Ja, so ist das, mein Junge.« Er war jetzt vor die Scheune getreten und schaute über die weite, flache Landschaft.

»Sie haben noch keine Spur, wer hier immer die Brände legt?« fragte Marion ihn.

»Ich sowieso nicht. Das ist Sache der Polizei. Aber soviel ich weiß, tappen die noch völlig im dunkeln. Na ja, irgendwann kriegen die ihn schon.«

»Ist bestimmt ein Verrückter, der gerne Feuer sieht«, bemerkte Uli.

»Das ist nicht gesagt. Es gibt eine ganze Reihe Gründe für Brandstiftung: Neid, Haß und noch manches andere.«

»Und daß es der Bauer – ich meine . . .«

»Nee, mein Junge. Den kenne ich seit vielen Jahren. Unser Bauer Wilhelm, der macht so was nicht. Ist ein ganz ehrliches Blut. – Also dann, ich muß weiter. Wiedersehn!«

»Auf Wiedersehn!« riefen Uli und Marion gemeinsam.

Als sich der Wagen mit dem Versicherungsmann entfernt hatte, murmelte Uli leise: »Wenn ich nur ein bißchen mehr wüßte!« Er kratzte sich hinter dem rechten Ohr. »Du, Marion, weißt du, wo es sonst noch gebrannt hat?«

»Ja, weiß ich. Aber warum willst du das wissen?« Sie lächelte. »Willst du etwa versuchen, den Halunken zu fangen?«

»Vielleicht.« Uli zuckte die Schultern.

2. Die Suche beginnt

So kam es, daß Uli wenig später mit Marion vor dem Haus seines Onkels stand und klingelte.

Seine Tante öffnete. »Ach, Uli, du bist's!«

»Kannst du mir die Garage aufmachen? Ich möchte mein Fahrrad rausholen.«

»Natürlich. Ich hole dir den Schlüssel.« Einen Augenblick später war sie wieder an der Tür und gab Uli einen dicken Schlüsselbund. »Kannst dir dein Rad schnell rausholen.«

Uli ging sofort zur Garage, die rechts neben dem Haus angebaut war. »Ach – Tag, Marion! Hab' dich vorhin gar nicht gesehen«, hörte er hinter sich.

»Guten Tag, Frau Becker!«

»Wollt wohl ein bißchen spazierenfahren? Recht so. Ist ja auch so ein schönes Wetter.«

»Uli will sich die anderen Brandstellen ansehen. Wir haben uns vorhin bei der abgebrannten Scheune getroffen«, erklärte Marion.

»O nein! Da hat Georg aber was angestellt. Setzt dem Jungen solche Flausen in den Kopf. Nur weil ... O nein!«

Inzwischen war Uli mit seinem Rad zurückgekommen. »Da hast du den Schlüsselbund wieder, Tante.«

»Danke. Aber Uli, das mit dem Brandstifter

vergiß mal lieber. Nein, der Onkel Georg, der macht immer wieder solche Sachen. Daß der auch einfach nicht nachdenkt, was er sagt!«

Marion fuhr voraus, um Uli den Weg zu zeigen. Bald hatten sie den kleinen Ort verlassen und waren auf einem Feldweg angekommen. Hier fuhren sie nebeneinander.

»Warum hat sich deine Tante denn so komisch aufgeregt? Verstehe ich nicht. Was hat denn dein Onkel gesagt?« Marion lenkte ihr Rad um ein Schlagloch.

»Er hat mir heute früh den Zeitungsbericht gezeigt und gesagt, ich könnte ja mal versuchen, den Brandstifter zu fangen.«

»Wie kam er denn darauf?«

Uli war kein Angeber, aber als sie ihn so direkt fragte, mußte er die ganze Geschichte mit seinem Traum und dem aufgeklärten Autodiebstahl erzählen. Ohne ihn auch nur einmal zu unterbrechen, hörte Marion zu.

Als Uli fertig war, zeigte sie nach vorn. »Schau, da ist es!« Direkt am Weg sah man die schwarzen Fundamente einer abgebrannten Scheune.

»Mit der hat es angefangen.« Marion blickte zu Boden. »Und kurz darauf hat es wieder woanders gebrannt. Wir können ja mal hinfahren, wenn du willst, Uli. Aber da sieht es genauso aus. Alles abgebrannt. Da findest du auch nichts Besonderes.«

»Ja, man kann nichts Besonderes sehen, Marion.

Aber trotzdem, fahren wir doch mal hin. Weißt du auch, wem die abgebrannten Gebäude gehören?«

»Ja. Aber Uli, was nützt dir das alles?«

»Vielleicht finde ich irgendwo eine Spur. Ich weiß nicht. Vielleicht ist es auch Zeitverschwendung. Aber ich will es wenigstens versuchen. Hilfst du mir?«

Sie nickte lebhaft. »Wenn man mit dir solche Abenteuer erleben kann, wie du mir erzählt hast, dann helfe ich dir natürlich. Nur fürchte ich, daß du diesmal nichts erreichen wirst. Du hast es doch gehört: Die Polizei tappt völlig im dunkeln.«

Uli lächelte nur, und sie fuhren weiter.

Uli kam gerade noch rechtzeitig zum Mittagessen. Sie waren an allen Brandstellen gewesen. Innerhalb von zwei Monaten waren zwei Scheunen und ein Schuppen abgebrannt. Die Scheunen hatten dem Bauern Wilhelm gehört, der Schuppen einem anderen Bauern.

Nach dem Essen machten sich Uli und Marion auf den Weg zu den beiden Landwirten. Uli hatte sein Notizbuch dabei und legte sich in Gedanken einige Fragen zurecht, die er stellen wollte.

Den Bauern Wilhelm trafen sie gerade noch zu Hause an. Er war auf seinen Traktor gestiegen, um auf ein Feld zu fahren.

»Guten Tag! Darf ich Sie kurz stören?« fragte Uli.

»Guten Tag! Was willst du denn, Junge?«

»Ich wollte Sie was fragen wegen der Brandstiftungen.«

Langsam kam der Bauer vom Traktor herunter. Er war ziemlich kräftig gebaut und hatte ein dickes Doppelkinn. Er lächelte.

»Was willst du denn wissen? – Sag mal, Marion«, wandte er sich an das Mädchen, »ist das ein Verwandter von dir?«

»Nee, Herr Wilhelm. Uli ist der Neffe von Bekkers. Heute morgen haben wir uns getroffen und...« Marion versuchte die richtigen Worte zu finden. »Er hat schon mal Autodiebe gefangen, und nun will er versuchen...«

»Das ist ja 'n Ding! Ein Junge, der Autodiebe fängt! Da hat er dir ja 'ne schöne Geschichte aufgebunden.«

Uli war rot geworden. »Ich habe nicht aufgeschnitten!«

»Na, reg dich wieder ab. Was willst du denn wissen?«

»Marion hat mir gesagt, daß die Scheune am 13. Juli abgebrannt ist und die zweite Scheune letzte Nacht. Heute haben wir den 20. August.«

»Richtig, mein Junge. Stimmt! – Daß du den Termin so genau im Kopf hast, Marion... Kann ich nur staunen.«

Marion lächelte, während Uli weiterfragte. »Können Sie sich vorstellen, wer das gewesen sein kann?«

»Das ist ja gerade das Problem. Was meinst du,

wie oft mir die Polizei diese Frage schon gestellt hat! Ich lebe mit allen im Dorf in Frieden. Stimmt's nicht, Marion? Ich habe keine Feinde. Kann mir nicht vorstellen, wer das gewesen sein könnte.«

»Haben Sie mal jemanden entlassen oder einen Bettler weggeschickt oder so was?«

»Ach, Junge! Mein Hof ist nicht so groß, daß ich Leute anstelle. Und wenn ein Landstreicher oder so kommt, für den haben wir allemal einen Teller Suppe und ein Stück Brot.«

Uli notierte sich kurz, was er hier erfahren hatte. Alles Fehlanzeige!

»Und Sie können sich auch nicht an einen Streit oder Krach erinnern? Vielleicht immer kurz vor so einem Brand – ich meine . . .«

»Ich verstehe schon, was du willst.« Der Bauer Wilhelm holte tief Luft. »Nee, Junge. Ich lebe mit allen in Frieden. Natürlich sag ich auch mal ein böses Wort. Aber das ist nicht so ernst gemeint. Auch wegen dir, das mag ja stimmen mit deinen Autodieben. Scheinst ganz schön helle zu sein, Junge.«

Uli lächelte. Der Bauer konnte wohl wirklich mit niemandem streiten, wenn er sich jetzt sogar fast bei ihm entschuldigte.

»Gut. Vielen Dank!« Uli zuckte die Schultern. Alle seine Fragen hatten ihm nicht weitergeholfen.

»Ist schon gut«, erwiderte der Bauer. »Und wenn du noch mehr wissen willst, komm nur wieder.«

Auch beim zweiten Bauern kam Uli nicht weiter. Der war zwar nicht ganz so gemütlich wie der Bauer Wilhelm, aber auch bei ihm gab es keinen Feind, dem man eine Brandstiftung zutrauen konnte.

Uli und Marion saßen bei Ulis Tante am Kaffeetisch. Bei der Hitze tranken sie natürlich keinen heißen Kaffee, sondern eiskalten Sprudel.

Nachdenklich biß Uli in ein Stück Kuchen. Marion beobachtete ihn genau. Warum gab er nicht einfach auf? Er hatte doch nichts herausbekommen. Sie hätte bestimmt nicht weitergesucht.

»Marion«, sagte Uli endlich, »ich glaube, wir müssen noch mal zum Bauern Wilhelm. Bei ihm hat es zweimal gebrannt. Vielleicht findet man da am ehesten eine Spur. Und wenn es nur eine Kleinigkeit ist. Schau mal«, Uli holte tief Luft und schaute nachdenklich auf seinen Kuchen, »er hat mich ja auch ein wenig angefahren. Auch wenn er sich hinterher so halb entschuldigt hat. Es könnte doch sein, daß ihm das bei jemand anderem auch passiert ist. Und der hat ihm das eben nachgetragen.«

Marion schaute ihn mit großen Augen an.

»Das ist nur ein winziger Verdacht«, fuhr Uli fort. »Aber es könnte doch sein, nicht wahr?«

Als sie genug Kuchen gegessen hatten, fuhren sie also wieder zum Bauern Wilhelm. Er war noch auf dem Feld. Sie hätten zu ihm hinausfahren können, aber Marion deutete zum Himmel. »Uli, schau mal, da hinten am Horizont, da wird es so komisch dunkel. Das kenne ich; da kommt meistens ein Gewitter.«

»Kannst recht haben«, erwiderte Uli, »ist ja auch ganz schön schwül. Na ja, wir können ihn ja auch morgen fragen.«

Sie radelten ins Dorf zurück. Uli wußte nicht recht, was er den restlichen Nachmittag noch tun sollte. So war er nicht böse, als ihn Marion zu sich nach Hause einlud. »Wir werden schon was finden, was wir machen können«, meinte sie.

Wenig später standen sie vor dem Haus von Marions Eltern. Uli verschlug es die Sprache. Das war ja eine Luxusvilla!

Marion lächelte, als sie seinen erstaunten Gesichtsausdruck sah. Das hatte sie erwartet. »Mein Vater ist Rechtsanwalt und verdient ganz gut«, sagte sie einfach, um Uli den Reichtum zu erklären.

Sie gingen durch einen meisterhaft gepflegten Garten. Marion klingelte, und ihre Mutter öffnete. Neben der Tür war ein Schild: Dr. Kölle, Rechtsanwalt.

»Mami, das ist Uli. Herr Becker ist sein Onkel«, erklärte Marion kurz.

»Guten Tag, Uli!« grüßte die Mutter freundlich.

Sie gingen durch das Haus. Uli schüttelte unmerklich den Kopf. So viele wertvolle Dinge auf einem Haufen! Teure Teppiche, wertvolle Tapeten und so weiter und so fort. Er konnte das einfach nicht glauben. Marions Zimmer verstärkte diesen

Eindruck noch. Es war bestimmt fast dreimal so groß wie Ulis Zimmer zu Hause.

Marion lachte, als sie sah, wie er in dem großen Raum an der Tür stand und alles anstarrte. »Nun komm schon, Uli! Setz dich hin.«

Zuerst saßen sie eine Weile schweigend herum. Endlich hatte Marion eine Idee. »Du bist doch so ein kluger Kopf, Uli. Kannst du Schach spielen?«

Uli nickte. »Ein bißchen.«

»Ich kann's auch nicht besonders gut, Uli. Aber mein Vater kann spielen, sag ich dir!«

Schnell war der Rest des Nachmittags vergangen. Ganz knapp hatte Marion die Schachpartie gewonnen. Mit dem Gewitter hatte sie recht gehabt. Mitten im Schachspiel wurde der Himmel so dunkel, daß man das Licht einschalten mußte. Und dann blitzte und donnerte es, daß Marion mehrmals ängstlich zusammenzuckte. Sie hatte Angst vor Gewittern, wollte es sich aber vor Uli nicht anmerken lassen. Und der Regen! Man konnte meinen, da würde jemand mit Kübeln das Wasser herunterschütten. Nur gut, daß sie im Trockenen saßen.

Genauso plötzlich, wie das Gewitter gekommen war, war es auch schon wieder vorüber. Als Uli sich gegen sechs Uhr von Marion verabschiedete und zu seinen Verwandten radelte, regnete es nicht mehr. Nur die Straßen waren noch naß.

Kurz vor dem Haus seines Onkels kam ihm ein Traktor mit Anhänger entgegen. Uli erkannte sofort, daß es der Bauer Wilhelm war. Lächelnd winkte er ihm zu. Uli gab ihm ein Zeichen, daß er anhalten sollte. Der Landwirt verstand und stoppte.

»Herr Wilhelm, darf ich morgen früh noch mal kurz vorbeikommen? Ich habe da noch was«, fragte Uli vorsichtig.

»Morgen? Da sieht's schlecht aus. Morgen muß ich weg.« Er kratzte sich kurz am Kopf. »Aber wenn du willst, dann komm doch nachher noch vorbei. Jetzt will ich aber nach Hause zum Essen. Tschüs!«

»Gut, Herr Wilhelm. Ich komme vielleicht noch.«

Während des Abendessens entschloß sich Uli, in der Tat noch am gleichen Abend zum Bauern Wilhelm zu fahren. Gleich nach dem Essen machte er sich auf den Weg.

In der großen Küche des Bauernhauses saßen sie zusammen. Uli fragte, ob es nicht vielleicht doch irgendeinen kleinen Zwischenfall gegeben hätte, der ihm weiterhelfen könnte.

Der Bauer schüttelte den Kopf. »Ich habe es dir doch schon gesagt, ich lebe mit niemandem in Streit.«

»Aber ich meine ... verstehen Sie mich nicht verkehrt, aber zum Beispiel heute vormittag« – Uli wurde etwas rot im Gesicht –, »also, da haben Sie mir doch auch zuerst unterstellt, ich hätte nur aufgeschnitten mit den Autodieben. Ich meine, so was könnte Ihnen doch auch mal bei jemand anderem passiert sein.« Uli schaute in die etwas traurig blickenden Augen des Bauern. »Ich bin Ihnen aber deshalb nicht böse. Es hörte sich ja wirklich unglaublich an«, fügte er noch schnell hinzu.

»Du bist mir einer!« Der Bauer lachte nun. »So was, ha! Wem passiert das denn nicht mal, daß er etwas ... ich meine etwas ... na, sagen wir: Dummes sagt?«

»Ja.« Uli redete sich richtig in Fahrt. »Aber bei Ihnen wurde schon zweimal was angesteckt. Wenn Ihnen nun zwei solche kleinen Dinge einfallen würden, die sich vielleicht kurz vor den Bränden ereignet haben – das gäbe vielleicht einen Sinn.«

»Irgend 'ne Kleinigkeit ... mmh, das ist so 'ne Sache. Wer merkt sich denn so was?« Herr Wilhelm kratzte sich im Nacken und überlegte. »Kurz bevor es gebrannt hat ...«

Da kam ihm seine Frau zu Hilfe, die bisher still in einer Ecke der Küche gesessen hatte. Sie stand auf und trat an den Tisch.

»Vor drei Tagen hattest du doch Krach mit dem Fahrer vom Milchwagen.«

»Ach ja! Hatte ich schon fast wieder vergessen.«

»Was war denn?« fragte Uli aufgeregt.

»Der war in unsern Hof reingefahren, um die Milch zu holen, für die Molkerei. Und als er alles geladen hatte, war ein Reifen platt. Wir fanden einen langen, rostigen Nagel im Gummi. Da behauptete der Kerl doch, den hätte er sich in meinem Hof reingefahren. Aber das gibt es nicht, Junge. Bei uns liegen keine rostigen Nägel rum. Da bin ich ganz schön wütend geworden, das stimmt schon. Aber das glaube ich nicht, daß der...«

»Und« – Ulis Aufregung hatte sich noch mehr gesteigert – »vor dem ersten Brand, hatten Sie da vielleicht auch Streit mit ihm?«

»Nö, ich streite doch nicht dauernd mit Leuten rum; was denkst du denn von mir!«

»So habe ich das doch nicht gemeint. Ich...«

»Ist schon gut. Aber Junge, da liegst du falsch. Unser Milchonkel, wie ich ihn nenne, der steckt keine Scheunen an.«

»Man kann nie wissen«, murmelte Uli. »Und sonst, fällt Ihnen noch was ein?«

»Nein, gar nichts.«

Nach einer Weile verließ Uli enttäuscht den Hof und fuhr mit seinem Fahrrad zu seinen Verwandten zurück.

Nachdenklich lag er später im Bett. Vielleicht war es ja gar nicht derselbe Brandstifter, überlegte er. Es konnten ja verschiedene Leute gewesen sein, aber...

Endlich schlief er ein.

3. Auf heißer Spur?

Am nächsten Morgen klingelte es, als Uli noch beim Frühstück war. Es war Marion. »Fahren wir zum Bauern Wilhelm?« fragte sie, kaum daß sie zur Küchentür hereingekommen war.

»Ich war gestern abend schon dort«, antwortete Uli mit vollem Mund. Und dann berichtete er kurz von dem Gespräch.

»Also wieder nichts«, stellte Marion fest. »Oder meinst du, daß der Fahrer von dem Milchwagen . . .?«

»Ich weiß nicht.«

»Was habt ihr denn heute vor?« mischte sich Ulis Tante ins Gespräch. »Jetzt laßt doch die dumme Sache mit dem Brandstifter ruhen. Darum kann sich doch die Polizei kümmern.«

»Ich hatte ja eigentlich vor, hier einige Fahrradtouren zu machen«, sagte Uli nachdenklich.

Marion sah enttäuscht aus. Sie hatte gehofft, den Tag nicht allein verbringen zu müssen. Ihre beste Freundin war nämlich mit den Eltern nach Spanien gefahren, und nun war es ihr ziemlich langweilig.

Uli spürte ihre Enttäuschung, als er sie ansah. »Hättest du Lust, mitzufahren, Marion? Du kennst dich hier doch besser aus als ich.«

Marions Gesichtsausdruck verwandelte sich sofort. »Wo willst du denn hinfahren?«

»Können wir ja überlegen.«

Sie lächelte zufrieden.

Wenig später waren sie unterwegs. Sie hatten Proviant dabei, da sie erst gegen Abend wieder zurück sein wollten. Marions Mutter hatte ihr sofort erlaubt, mitzufahren. »Paßt aber auf!« hatte sie nur gesagt.

Uli hing seinen Gedanken nach, während er hinter Marion herfuhr. Sie kannte die Strecke besser. Wer war nur der Brandstifter? Gab es wirklich keinen Weg, ihm auf die Schliche zu kommen? Er stöhnte etwas. Laß das doch, dachte er kurz. Genieße lieber die Ferien.

Uli schaute nach vorn. Marions lange dunkle Haare flogen im Wind. Die Locken gefielen Uli. Überhaupt war sie ein Mädchen, mit dem etwas anzufangen war. Nicht so 'ne Memme, wie er einige von der Schule her kannte, immer bockig und stolz.

So fuhren sie in einen schönen, heißen Sommertag hinein.

Am nächsten Morgen erwachte Uli mit einem ganz ordentlichen Muskelkater. Es war eine schöne Tour gewesen. Gemeinsam hatten sie sich zwei Ortschaften angeschaut und im Wald einen großen Ameisenhaufen beobachtet.

Das machte Spaß, so mit dem Fahrrad herumzufahren. Aber heute war Uli nicht so sehr auf eine neue Fahrradtour versessen; zuerst mußten sich die Muskeln wieder etwas beruhigt haben. Wie ein alter Mann wackelte er in die Küche.

Kurz nach dem Frühstück rief ihn seine Tante ans Telefon. »Marion ist dran.«

»Ja, hier ist Uli.«

»Du, hast du auch so einen Muskelkater? War doch ein bißchen weit gestern.«

»Da hast du recht. Mir tut alles weh.«

»Hast du Lust, zu mir zu kommen? Wir können bei uns im Swimming-pool ein bißchen schwimmen und so. Vielleicht geht's unseren Muskeln dann besser. Und meine Mutter hat gesagt, du darfst gern zum Essen bleiben.«

Auch dieser Tag verging wie im Fluge. Das kühle Wasser tat ihnen gut und weckte die Lebensgeister wieder. Und Schach spielten sie auch wieder. Diesmal gewann Uli beide Partien. Marion war eine gute Verliererin. »Ich glaube, du solltest mal gegen meinen Vater spielen. Am Schluß gewinnst du da auch noch. Ich verliere immer.«

Und ehe sie sich verabschiedeten, legten sie für den nächsten Tag eine neue Radtour fest.

So verging ein Tag nach dem anderen. Uli hatte zwar den Brandstifter nicht vergessen, aber da er nicht weiterwußte, ließ er die Sache eben ruhen. Vielleicht wären seine Ferientage einfach so vorübergegangen, wenn nicht sein Onkel eines Abends eine Idee gehabt hätte.

»Uli, warst du eigentlich schon bei unseren Rehen?« fragte er, als sie nach dem Abendessen noch ein wenig in dem gemütlichen Wohnzimmer zusammensaßen.

»Bei welchen Rehen?«

»Wir haben doch hier im Wald noch viele Hirsche, Rehe und sogar Wildschweine. Wenn du willst, kannst du sie dir mal ansehen.«

»Wie? Soll ich einfach in den Wald gehen?«

»Ganz so einfach nun auch wieder nicht. Da gibt es eine Lichtung im Wald. Wenn du dich dort in der Nähe versteckst, kannst du die Tiere gut beobachten. Dort fließt nämlich der Bach, und da trinken sie immer. Mußt natürlich ganz leise sein.«

»Und wo ist die Lichtung, Onkel Georg?«

»Soll ich sie dir zeigen?«

Uli nickte.

»Komm, dann gehen wir gleich hin. Ist ja so ein schöner warmer Abend.«

»Schön warm? Eher schwül, dämpfig, würde ich sagen«, mischte sich die Tante ein. »Wie vor einem Gewitter.«

»Und wenn schon!« antwortete Ulis Onkel. »Bis das losgeht, sind wir längst zurück.«

Onkel und Tante hatten recht gehabt. Uli und sein Onkel kamen trocken zur Lichtung und wieder nach Hause. Aber in der Nacht kam tatsächlich ein Gewitter. Es war wieder ein kurzes, heftiges Sommergewitter. Als Uli am nächsten Morgen gegen drei Uhr aufstand, um zur Lichtung zu gehen, regnete es nicht mehr.

In der Küche fand er heißen Tee in einer Isolierkanne und zwei belegte Brote. Ein Zettel lag daneben.

»Lieber Uli. Zieh dir die Gummistiefel von Onkel Georg an, auch wenn sie ein bißchen groß sind. Habe dir ein paar dicke Wollstrümpfe dazugelegt. Im Wald ist es bestimmt ganz schön matschig.«

Uli lächelte. Seine Tante war wirklich klasse. Mit den dicken Socken paßten die Gummistiefel einigermaßen, und so stapfte er fröhlich, wenn auch noch sehr müde in den anbrechenden Morgen hinaus. Die Wege waren im Wald wirklich sehr matschig. Ohne Gummistiefel wäre er hier nur schlecht vorwärts gekommen, es sei denn, er hätte völlig nasse Schuhe in Kauf genommen.

Sein Onkel hatte ihm nicht zuviel versprochen. Kurz nach Sonnenaufgang kamen die Tiere zur Wasserstelle. Uli hatte sich gut versteckt und auch darauf geachtet, daß der Wind ihm entgegenkam, so daß die Rehe und Hirsche ihn nicht witterten. Interessiert betrachtete er die schönen Tiere, die vorsichtig aus dem Wald traten. Am meisten begeisterte ihn ein Hirsch, der ein mächtiges Geweih trug.

Hier, in der Stille des Waldes, fühlte sich Uli richtig wohl. »Herr Jesus«, betete er leise für sich, »du hast alles so herrlich geschaffen. Bitte führe mich auch durch diesen Tag. Du kannst es geben, daß ich Marion etwas von dir erzählen kann. Du weißt, bisher habe ich mich noch nicht getraut. Amen.«

Auf einmal sah er, wie die Tiere zusammenzuckten und in den Wald zurückliefen. Schon waren sie verschwunden.

Uli schüttelte den Kopf. Schade, dachte er. Er kroch aus dem Gebüsch, in dem er sich versteckt hatte, und machte sich auf den Rückweg. Was hatte die Tiere nur aufgescheucht?

Langsam stapfte er auf dem schlammigen Weg vorwärts. Plötzlich fiel es ihm auf. Da waren doch Fußspuren! Jemand mußte erst vor kurzem hier langgelaufen sein. Uli bückte sich. Vielleicht waren es seine eigenen Spuren vom Hinweg? Aber nein, der Abdruck hatte ein anderes Profil. Im Schlamm konnte man das kaum erkennen, aber an einer trockeneren Stelle war es gut zu sehen. Vielleicht hatten die Tiere diesen einsamen Wanderer gehört und waren deshalb geflohen?

Wer war wohl schon so früh am Morgen hier im Wald? Bestimmt der Förster, dachte Uli kurz. Es konnte ihm ja sowieso egal sein.

Es wäre ihm auch egal gewesen, wäre nicht gerade, als er den morastigen Waldweg verließ und den Dorfrand erreichte, ein Feuerwehrwagen mit Blaulicht aus dem Dorf herausgefahren. Uli schaute ihm nach und entdeckte hinter dem Waldstück, aus dem er gekommen war, eine dünne Rauchfahne.

Ja, war das etwa wieder Brandstiftung? Die Fußspuren . . .

Bestimmt gibt es eine asphaltierte Straße zur Brandstelle, überlegte Uli. Denn durch den schlammigen Waldweg kam der Wagen kaum durch. Aber ein Brandstifter konnte diesen Weg gegangen sein!

Vielleicht war ja alles nur Einbildung; trotzdem wollte er gleich nach dem Frühstück mit Marion die Sache untersuchen.

Sofort nach dem Essen holte Uli Marion ab, und sie radelten auf der Landstraße in die Richtung, in die die Feuerwehr gerast war. Als sie das kleine Waldstück umfahren hatten, konnten sie ein Stück hinter dem Wald, auf einer Wiese, den roten Wagen erkennen. Daneben sahen sie etwas schwach rauchen.

Bald hatten sie die Brandstelle erreicht. Wieder war eine kleine Scheune abgebrannt. »Bleibt ein Stück weg!« rief ihnen einer der Feuerwehrmänner zu. »Das schwelt noch ein bißchen.«

»Ist der Brand wieder gelegt worden?« fragte Uli.

Der Mann zuckte die Achseln. »Kann schon sein.«

»Und wann, meinen Sie, hat das Feuer begonnen?« fragte Uli weiter.

»Schätze so gegen vier Uhr. Aber gesehen hat man es erst später. War ja schon fast abgebrannt, ehe wir überhaupt hier ankamen. Ein vorbeifahrendes Auto hat den Feuerschein bemerkt.«

»Und wem gehört die Scheune?« wollte Uli noch wissen.

»Ich weiß nicht«, erwiderte der Feuerwehrmann.

»Aber ich weiß es«, sagte Marion leise.

»Wem denn?«

»Dem Bauern Wilhelm.«

Uli schluckte. Also doch! Irgend jemand mußte der Bauer als Feind haben. »Komm, Marion! Wir müssen noch mal zu ihm hin.«

Sie wollten gerade auf ihre Fahrräder steigen, da sahen sie einen alten Mercedes Diesel den Feldweg entlangkommen. Als er sie erreicht hatte, hielt er an, und der Bauer Wilhelm stieg aus.

Immer wieder fuhr er sich mit der Hand über die Stirn – so, als könne er es nicht glauben. »Was ist bloß los? Was ist bloß los?« murmelte er traurig und ärgerlich zugleich.

»Schon wieder bei Ihnen.« Uli wagte es, ihn anzusprechen.

»Ja. Wenn ich nur wüßte, wer – und warum!«

Wenig später saß Uli mit Marion in deren Zimmer. »Ich glaube, wir gehen heute lieber nicht zum Bauern Wilhelm«, sagte er.

»Warum nicht, Uli?«

»Der war ganz schön durcheinander heute früh. Am besten fragen wir ihn erst morgen.«

»Und was willst du ihn fragen, Uli?«

»Immer wieder dasselbe: ob er nicht vielleicht doch...« Uli schlug mit der rechten Hand in die

Luft. Dann stand er auf und lief aufgeregt im Zimmer hin und her. »Das ist doch zum Verrücktwerden! Da zündet einer eine Scheune nach der anderen an. Und dann gehören sie auch noch einem Menschen, der keiner Fliege was zuleide getan hat. Und wir? Wir tappen im dunkeln.«

Marion lächelte. »Man kann nicht alles herausbekommen, Herr Kommissar.«

»Ach du!« Aber Uli mußte dabei etwas grinsen. Eigentlich hatte Marion ja recht. Was bildete er sich eigentlich ein? Die Polizei fand nichts heraus, und er kam nur mal schnell zu Besuch und meinte den Brandstifter einfach so entlarven zu können. Aber trotzdem, er konnte es nicht aushalten, daß er nicht weiterkam.

Wieder verging der Tag mit Baden und Schachspielen recht schnell. Uli hatte heute bei seiner Tante zu Mittag gegessen. Sie klagte nämlich schon darüber, ihn nur noch zum Schlafen zu sehen. Aber so ernst war das nicht gemeint, das wußte Uli.

Zum Abendessen blieb er noch bei Marion und lernte nun auch ihren Vater kennen. Marion sah ihm sehr ähnlich. Auch er hatte ein schlankes Gesicht und braune, lockige Haare.

»Vati, bitte, du mußt mal mit Uli Schach spielen«, bettelte Marion nach dem Abendessen.

»Und du meinst, daß ich gegen deinen Meisterdetektiv überhaupt eine Möglichkeit habe?« erwiderte er scherzhaft.

Marion wurde rot, und Uli ahnte, was sie schon alles über ihn erzählt haben mochte. Verlegen schaute er auf das Tischtuch. Doch Marions Vater sprach schon weiter. »Aber wir können es ja mal versuchen, wenn du willst, Uli.«

»Gern. Nur spiele ich nicht so besonders.«

»Na, mich hast du heute wieder bei jedem Spiel geschlagen«, murrte Marion. »Der schlägt sogar noch dich, Vati.«

Und beinahe wäre es Uli tatsächlich gelungen. War Marions Vater heute mit den Gedanken woanders, oder war Uli wirklich so gut? Das Spiel endete mit Unentschieden.

Uli verabschiedete sich wenig später und ging mit Marion zur Garage, wo er sein Fahrrad untergestellt hatte. »Tschüs, bis morgen!« rief er ihr zu, während sein Blick gleichgültig über die innere Garagenwand huschte. Doch plötzlich weiteten sich seine Augen etwas.

Unten an der Wand standen zwei Gummistiefel. An sich nichts Besonderes, nur – sie waren dick mit Schlamm verschmiert!

»Ist was, Uli? Du guckst so eigenartig.«

»Ach!« Uli versuchte ein gleichgültiges Gesicht zu machen. »Schade, daß ich nicht doch noch gewonnen habe. Dein Vater spielt wirklich klasse – wirklich. Tschüs!«

Verwirrt fuhr Uli nach Hause. Marion hatte nicht bemerkt, daß es die Stiefel gewesen waren, die ihn so durcheinandergebracht hatten. Kopfschüttelnd ging sie auf ihr Zimmer. »Manchmal ist er ein bißchen komisch, der Uli«, murmelte sie leise.

Immer wieder warf sich Uli im Bett hin und her. Das durfte doch nicht wahr sein! Nein, das konnte auch nicht wahr sein! Marions Vater war doch Rechtsanwalt. Der konnte doch nicht ... Nein und nochmals nein!

Aber es ließ ihm einfach keine Ruhe. Natürlich waren die schmutzigen Stiefel längst kein Beweis; aber der Schlamm war nicht alt. Das hatte Uli sofort gesehen. Die Beleuchtung in der Garage war sehr hell, es waren zwei Neonröhren angebracht; da konnte man jede Einzelheit sehen. Nein, er mußte sich täuschen. Vielleicht war der Rechtsanwalt am Morgen ja auch im Garten gewesen.

Uli drehte sich wieder zur Seite.

Quatsch! Er ärgerte sich über sich selber. Er konnte doch einen Menschen nicht einfach verdächtigen, nur weil er schmutzige Gummistiefel hatte!

Irgendwann schlief er dann doch noch ein.

4. Lange Gespräche

Am nächsten Morgen – es war ein Sonntag – empfing ihn sein Onkel mit einem nachdenklichen Gesicht am Frühstückstisch. »Es hat schon wieder gebrannt, Uli.«

»Waaas?«

»Ja. Diesmal war es ein alter, halbverfallener Schuppen am Ende des Dorfes. Kann mir nicht vorstellen, was das soll.«

»Und wem gehört der Schuppen, Onkel Georg?«

»Unserm Nachbarn, Uli. Der ist ganz schön aufgeregt. Kannst du dir nicht vorstellen. ›Da ist niemand mehr sicher‹, hat er zu mir gesagt. ›Eines Tages steckt der uns noch das Dach über dem Kopf an.‹ Puh, der war vielleicht aufgeregt! Kann ich aber auch verstehen.«

Später ging Uli mit seinen Verwandten zum Gottesdienst, aber er hörte gar nicht richtig zu. Mit seinen Gedanken war er die ganze Zeit bei den gelegten Bränden. Denn daß auch dieser Schuppen angezündet worden war, daran zweifelte er keinen Augenblick.

Erst als die Gottesdienstbesucher sich zum Schlußgebet erhoben, hatten sich Ulis Gedanken wieder etwas beruhigt. Still betete er: »Herr Jesus, verzeih mir, daß ich heute mit den Gedanken ganz woanders war. Wenn du willst, kannst du mich doch die Spur zu dem Brandstifter finden lassen. Und segne auch Marion. Ich habe ihr immer noch nichts von dir gesagt. Vergib mir und hilf mir. Ich trau mich noch nicht. Amen.«

Den Nachmittag verbrachte er mit seinem Onkel und der Tante zusammen im Garten. Marion war mit ihren Eltern zu ihrer Oma gefahren.

Nach dem Abendessen hielt Uli es nicht mehr länger aus. »Darf ich noch mal kurz wegfahren, Tante?«

»Wo willst du denn hin?«

»Zum Bauern Wilhelm. Will ihn was fragen.«

»Junge! Na, von mir aus! Dann fahr, aber komm bald zurück.«

Und wieder saßen sie zusammen um den Tisch in der großen Küche des Bauernhauses.

»Dreimal hat es mich jetzt schon getroffen!« Der Bauer wirkte richtig verzweifelt. »Unserem Wachhund habe ich schon eine längere Kette angebracht. Man kann ja nie wissen. Am Ende steckt der einem noch das Bett unterm Hintern...«

»Aber Wilhelm!« mahnte seine Frau.

Uli mußte lächeln, auch wenn er die Angst des Mannes verstehen konnte. »Ich würde Ihnen so gerne helfen, wenn ich nur etwas finden würde.«

»Du bist ein netter Kerl.« Väterlich strich der Bauer Wilhelm Uli über die Haare. »Schade, daß unser Sohn so früh gestorben ist. Er wäre heute auch so alt wie du.«

Uli schluckte. Plötzlich sah er Tränen in den Augen des starken Mannes. Unwillig fuhr der sich über das Gesicht, putzte sich die Nase und räusperte sich. »Also, Uli, frag mich irgendwas, wenn es uns nur weiterbringt.«

»Ich weiß keine anderen Fragen als die, die ich bisher auch immer gestellt habe. Dreimal hat es bei Ihnen gebrannt, erst zweimal bei anderen Leuten. Ich glaube, der Brandstifter hat was mit Ihnen. Wenn ich bei Ihnen nichts rauskriege, finde ich bei den anderen schon gar nichts. Gibt es nicht vielleicht doch irgend jemand?«

»Nein.« Es war mehr ein Stöhnen als ein Sprechen. »Ich habe keine Feinde – wirklich nicht.«

»Das meine ich ja auch nicht. Aber vielleicht so einen kleinen Zwischenfall wie mit dem Milchwagenfahrer.«

Der Bauer stöhnte wieder. »Frau«, rief er endlich, »jetzt setz dich doch mal zu uns. Den Abwasch kannst du später noch erledigen. Vielleicht fällt dir jemand ein.«

Lange war es still in der Küche, nur eine einsame Fliege summte aufgeregt im Lichtschein der Lampe. Die Bauersfrau saß nachdenklich am Tisch und hielt den Kopf in die Hände gestützt. Dann schüttelte sie ihn. »Nein, das kann nicht sein.«

»Was denn?« fragte ihr Mann.

»Ach, nichts.«

»Nun sag doch schon!«

»Ach, ich dachte nur an die Sache mit der Erbschaft.«

»Mit welcher Erbschaft?« fragte Uli sofort.

»Ein Onkel von mir ist gestorben«, begann der Bauer zu erzählen. »Leider war in seinem Testament etwas unklar ausgedrückt. Sogar einen Rechtsanwalt haben wir uns nehmen müssen.«

Bei dem Wort »Rechtsanwalt« fuhr Uli unmerklich zusammen. Aber der Bauer und seine Frau hatten nichts gemerkt.

»Aber das ist nun alles in Ordnung, Uli. Wir haben auf einen Teil dessen verzichtet, was uns eigentlich zustehen würde. Wir haben immer noch genug.«

»Ja«, meinte seine Frau, »ich hab' ja auch nur gedacht. Aber das wäre auch kein Grund. Wir haben nachgegeben, also ist jetzt alles in Ordnung.«

»Mit den Verwandten ist alles klar. Nur über den Rechtsanwalt ärgere ich mich noch ein bißchen. Hat 'ne ganz schöne Stange Geld verlangt, der Kerl.« Ernst schaute der Bauer Uli an. »Hast schon gehofft, du würdest was finden, nicht wahr?«

Uli versuchte zu lächeln.

»Der Rechtsanwalt war sicher Marions Vater, oder?« Nur mit Mühe konnte Uli seine Aufregung verbergen. War er nun doch auf der heißen Spur?

»Nein, Uli. Wir hatten einen genommen, der in dem Ort wohnt, wo mein verstorbener Onkel lebte.«

Uli atmete leise aus. Also war sein Verdacht doch unbegründet?

»Marions Vater kennen wir natürlich auch«, fuhr der Bauer Wilhelm fort. »Der hat uns auch ein paarmal geholfen.«

»Wann denn?«

»Ist nichts, Uli. Ich hatte mal Ärger mit der Krankenkasse, und ein andermal wollten sie mir vom Rathaus aus ein Stück Acker enteignen, um die Straße zu verlegen. Nur Kleinigkeiten, aber ich brauchte einen Rechtsanwalt. Und Marions Vater kann was. Beide Male habe ich gewonnen.« Er lächelte Uli an. »Nur – weder die Krankenkasse noch die Beamten vom Rathaus zünden Scheunen an.«

Uli lachte. »Das ist mir auch klar.«

Noch eine Weile saßen sie schweigend zusammen. Immer mehr fiel Uli der Blick auf, mit dem der Bauer ihn betrachtete. Und unwillkürlich hallten ihm die Worte im Kopf wider: ›Unser Sohn wäre heute auch so alt wie du.‹

Endlich verabschiedete Uli sich und fuhr zu seinem Onkel. Der war noch auf und saß vor dem Fernseher. Doch Uli wollte allein sein. Er sagte gute Nacht und verschwand in seinem Zimmer.

»Wieder nichts«, murmelte er leise. »Wenn ich nur eine Spur hätte, wenigstens eine ganz winzige!«

Am nächsten Morgen erwachte er mit einer eigenartigen Stimmung, die er sehr gut kannte. Dieses Gefühl hatte er immer, wenn er der Lösung eines Problems nahe war, auch wenn er die Lösung noch nicht kannte. Bei manchen Aufgaben in der Schule und auch bei anderen Gelegenheiten hatte er sich schon so gefühlt. Konnte sich dieses Gefühl diesmal auf den Brandstifter beziehen? Das konnte nicht sein, oder? Er wußte doch nichts, was ihm weiterhelfen konnte.

Das eigenartige Gefühl verschwand nicht. Es blieb auch noch, als er später bei Marion im Zimmer saß und mit ihr Schach spielte.

»Was ist denn heute mit dir los?« neckte sie ihn. »Schau mal: Schach . . . Matt! Du hast verloren. Das war aber leicht!«

»Oh . . . oh . . . ja.«

»Denkst du immer noch an den Brandstifter, Uli?«

»Ja. Und ich habe so ein komisches Gefühl, als wenn ich der heißen Spur ganz nah wäre. Aber . . .« Er stöhnte und zuckte die Achseln.

»Schade, Uli«, lächelte Marion, »daß es heute nicht so schönes Wetter ist, sonst könnten wir baden. Da kämst du vielleicht auf andere Gedanken.« Dann sah sie ihn ganz ernst an. »Uli, laß doch deine Nachforscherei. Du kriegst doch sowieso nichts raus. Wenn die Polizei es nicht schafft . . .«

Uli lief jetzt aufgeregt im Zimmer hin und her. »Ja, aber . . .«

»Das ist was anderes als bei einem Autodiebstahl, Uli. Da magst du ja Spuren finden und so was. Aber bei einem Feuer, da ist eben hinterher alles weg. Das Feuer vernichtet doch die Spuren. Auch wenn Fachleute noch was rauskriegen können. Genaueres ist nicht mehr zu finden – zumindest nicht für dich.«

»Ja – aber, Marion, jeder macht mal einen Fehler. Und wenn der Brandstifter einen gemacht hat oder machen sollte, dann will ich ihn finden.«

»Uli, in ein paar Tagen fährst du wieder nach Hause; was willst du denn da noch finden?«

Irgendwie verging auch dieser Tag. Am nächsten Morgen wollten sie, wenn schönes Wetter wäre, noch einmal eine Fahrradtour machen.

Das Wetter machte mit. Bei strahlendem Sonnenschein fuhren sie los. Marion war in bester Stimmung. Und das steckte endlich auch Uli an, der immer noch am Überlegen war. Im Laufe des Tages hatte er den Brandstifter schließlich fast vergessen. Marion hatte ja recht. Noch drei Tage, und er mußte nach Hause. Mußte? Ein bißchen traurig war er schon darüber, denn es waren schöne Ferientage gewesen. Und wenn er noch länger bleiben könnte, vielleicht würde er den Brandstifter doch noch . . . Ach was, weg mit den Gedanken!

Uli gab sich alle Mühe, den Tag zu genießen. Sie fuhren bis nach Bremerhaven und sahen sich das Nordsee-Museum an. Dort kann man ausgestopfte und getrocknete Tiere betrachten – Seelöwen zum Beispiel, Pinguine und sonstige Vögel, dazu allerlei

Krebses und andere Meerestiere. Am meisten beeindruckten Uli die riesigen Walfischskelette, die quer an der Decke des großen Museumssaales hingen.

Und da kam endlich über seine Lippen, was er so lange nicht gewagt hatte. »Das alles hat Gott gemacht«, sagte er halblaut und erschrak dabei über sich selbst.

Marion schaute ihn ganz komisch an. »Glaubst du an Gott?« fragte sie.

Uli nickte mit rotem Gesicht, als wenn man sich dafür schämen müßte. Doch dann ging das Gespräch weiter, und er erklärte Marion, was in der Bibel steht, nämlich daß Gott uns Menschen – wie alles andere auch – geschaffen hat und daß er uns liebt; daß wir aber lieber unsere eigenen Wege gehen wollen, ohne Gott. »Das nennt Gott Sünde«, sagte Uli. Er merkte, wie er immer mutiger darüber reden konnte. »Aber weil Gott uns liebt, hat er seinen eigenen Sohn, Jesus Christus, für unsere Schuld bestraft. Für all das Böse, das wir getan haben, und daß wir uns nicht um Gott gekümmert haben, sondern einfach taten, was uns Spaß machte. Nun können wir wieder mit Gott leben. Wir müssen ihn nur darum bitten, daß er uns alles Falsche vergibt, und ihm erlauben, unser Leben zu regieren.«

Marion grinste. »Uli, Gott hat uns Menschen geschaffen? Wir sind doch – ich meine, ganz einfach geboren worden, oder?«

»Natürlich, aber Gott hat das so gewollt, daß wir

zur Welt kamen, nicht nur unsere Eltern. Er hat uns lieb; deshalb wollte er, daß wir geboren werden.«

Plötzlich wurde Marions Gesicht ganz ernst. »Wenn ich das glauben könnte!« sagte sie leise.

Schnell waren die Stunden vergangen. Müde fuhren sie nach Hause. Noch zehn Kilometer hatten sie vor sich.

Die Strecke war heute doch etwas zu lang, dachte Uli. Er sah, daß es auch Marion schwerfiel, weiterzufahren; sie wurde immer langsamer. Er selbst konnte kaum noch treten.

»Marion, sollen wir 'ne kurze Rast machen?«

»O ja!«

Sie legten die Räder an eine kleine Böschung am Straßenrand und setzten sich daneben ins Gras. »Puh, wenn wir nur schon zu Hause wären!« meinte Uli müde.

»Mein Vater hat gleich gesagt«, erwiderte Marion, »das wäre zu weit nach Bremerhaven. Aber ich dachte, wir würden es schon schaffen.«

»Schaffen wir ja auch, Marion. – Dein Vater ist in Ordnung, nicht wahr?«

»Der ist klasse!« Marion wurde richtig lebendig. »Ich mag ihn ganz arg. Auch wenn er schrecklich viel zu arbeiten hat – wenn ich ihn brauche, hat er doch immer Zeit für mich. Einmal bin ich direkt von der Schule zu ihm ins Büro gerannt, weil mich ein Junge geschlagen hatte. Da wartete gerade ein

Geschäftsmann wegen einer Sache, wo er eben meinen Vater brauchte. Und was meinst du, was mein Vater gemacht hat?«

Uli hörte ihr aufmerksam zu.

»Er hat den Mann einfach warten lassen und sich zuerst für mich Zeit genommen. Richtig ärgerlich ist er geworden, der Geschäftsmann. Aber mein Vater hat nur gelächelt und gesagt, der Prozeß könne warten; ich sei ihm wichtiger. Ja, mein Vater ist klasse!«

Marion warf den Kopf in den Nacken und schaute einigen langsam dahinziehenden Wolken nach. »Mein Vater ist klasse!« wiederholte sie langsam, während sich ihr Gesichtsausdruck veränderte. »Deshalb tut es mir auch so weh, wenn er mit manchen Leuten Ärger hat.«

»Er wird wohl manche Probleme in seinem Beruf haben«, warf Uli ein, »so als Rechtsanwalt...«

»Das kannst du laut sagen. Und dann« – sie schaute Uli direkt ins Gesicht –, »dann gibt es auch noch Leute, die nutzen ihn einfach aus. Wenn es eine Streitigkeit gibt, wo man viel verdienen kann, dann gehen sie zu einem anderen Rechtsanwalt; und wenn es sonst was ist, wo man nicht viel verdient, dann ist mein Vater recht, um den ›Dreck‹ zu machen.«

Vor Ärger war Marion rot angelaufen. Ein verbissener Zug spielte um ihren Mund, und Uli sah erschrocken, daß sogar ihre Hände zitterten. Ungläubig starrte er auf ihre Fäuste. Daß sich Marion darüber so sehr aufregte...

Was Uli aber noch mehr erschreckte, war, daß er plötzlich wieder jenes eigenartige Gefühl hatte. Jenes Gefühl, das ihm anzeigte, daß er der Lösung eines Problems ganz nahe war.

»Wenn mein Vater so was beim Essen erzählt, dann werde ich richtig sauer!« berichtete Marion weiter. »Und dann muß ich mich furchtbar zusammenreißen, damit ich nicht losheule. Lieber versuche ich dann, meinen Vater ein bißchen zu beruhigen und zu trösten. Darüber freut er sich dann schrecklich. Aber das gelingt mir leider nicht immer.«

Uli hörte nur mit halbem Ohr hin. Dieses Gefühl wurde immer stärker. Wenn er nur wüßte, was los war!

»Ja, das ist schon so 'ne Sache«, sagte er möglichst teilnahmsvoll. Er schaute Marion an.

Sie hatte sich wieder etwas beruhigt und lächelte. »Fahren wir weiter, Uli?«

Sie hatte es nicht gleich gemerkt, daß Uli so nachdenklich geworden war. Und er versuchte auch, es auf dem letzten Stück der Tour zu verbergen. Doch Marion sah es trotzdem. Als sie sich verabschiedete – es war schon dämmrig geworden –, fragte sie: »Denkst du schon wieder an den Brandstifter?«

Uli mußte lachen. »Du merkst aber auch alles!«

»Das ist nicht allzu schwer gewesen. Die letzten

fünf Kilometer hast du kein Wort mehr geredet und nur gedankenverloren vor dich hingestarrt. Also tschüs, Uli! Schlaf gut!«

»Schlaf gut, Marion!«

5. Das darf nicht wahr sein!

Doch Uli schlief nicht gut. Er hielt es noch nicht einmal im Bett aus. Im Schlafanzug stand er am Fenster, hatte den Vorhang etwas auseinandergezogen und blickte auf die nächtliche verlassene Straße. Er war sich jetzt ganz sicher. Dieses Gefühl kannte er zu gut. Sollte er sich diesmal täuschen?

Wo lag die Lösung – wenn es wirklich eine gab? Punkt für Punkt sortierte er seine Gedanken. Was hatte dieses Gefühl in ihm ausgelöst? Zuerst war es bei dem Gespräch mit dem Bauern Wilhelm aufgetaucht und dann wieder, als Marion ihm von ihrem Vater erzählte.

Uli schluckte. Wie aus einem dunklen Tunnel kam die Erkenntnis langsam auf ihn zu – zuerst noch ganz undeutlich, dann immer klarer, bis er den Tatsachen direkt ins Auge sehen mußte. »Nein!« Er schrie es fast. Unsicher schaute er sich um. Doch niemand hatte ihn gehört. Sein Onkel und die Tante schliefen schon längst.

Wie lange stand Uli schon so da? Er wußte es nicht. Er bekam kalte Füße, aber er achtete nicht darauf.

»Das darf nicht wahr sein!« murmelte er. »Vielleicht täusche ich mich auch. Hoffentlich täusche ich mich!«

Wie sollte er Marion diese Wahrheit beibringen?

Oder sollte er einfach schweigen und sein Wissen für sich behalten? Mußte er es nicht der Polizei melden? Doch konnte er Marion das antun? Sie liebte ihren Vater doch so sehr!

In Ruhe ging er nochmals alle Gedanken durch: Der Bauer Wilhelm hatte ihm erzählt, daß er für die Erbsache einen anderen Rechtsanwalt gehabt hatte. Und dabei war offensichtlich viel Geld für den Anwalt zu verdienen gewesen, denn der Bauer hatte ja über die hohe Rechnung geklagt. Marions Vater hatte er nur für »Kleinigkeiten«, wie er gesagt hatte, in Anspruch genommen.

Dann hatte Marion sich darüber aufgeregt, daß manche Leute ihren Vater nur mit kleineren Dingen beauftragten, während man die großen Sachen anderen Rechtsanwälten anvertraute.

Und dann die schmutzigen Gummistiefel in der Garage... Uli kam nur zu einem Ergebnis: Der Brandstifter mußte Marions Vater sein!

Das war zwar unvorstellbar, aber nicht unmöglich. Erst vor kurzem hatte er von einem Polizisten gelesen, der eine Bank überfallen hatte. Warum sollte also nicht auch ein Rechtsanwalt...?

Doch ehe Uli irgend etwas unternehmen wollte, mußte er ganz sicher sein. Vielleicht gab es eine Verbindung zwischen den Tagen, an denen die Brände gelegt wurden, und dem Rechtsanwalt.

Morgen früh würde er beim Bauern Wilhelm nachfragen. Nur – Marion durfte nichts davon wissen.

Schon kurz nach dem Frühstück war Uli auf Bauer Wilhelms Hof. Uli hatte miserabel geschlafen. Aber nun war alle Müdigkeit verschwunden. Der Bauer stand neben seinem Traktor, mit dem er aufs Feld fahren wollte.

»Kann es sein«, begann Uli mit schwerem Herzen, »daß Sie jeweils kurz vor den Bränden mit denselben Leuten etwas zu tun hatten? Es muß gar nichts Schlimmes gewesen sein«, fügte er leise hinzu.

»Mit denselben Leuten? Auf was willst du denn hinaus, Uli?«

»Mmm! Darüber möchte ich noch nicht reden. Man soll ja niemand etwas anhängen, solange man es nicht genau weiß.«

»Richtig, Uli, da hast du völlig recht. Aber ...« Er kratzte sich am Kopf.

»Komm, gehen wir doch mal schnell zu meiner Frau in die Küche. Die hat ein besseres Gedächtnis als ich.«

Wenig später saßen sie zusammen um den Küchentisch. Ein Wandkalender mit verschiedenen Eintragungen lag auf der gelbgemusterten Wachstuchdecke. Langsam glitt der dicke Zeigefinger des Bauern von Termin zu Termin.

Noch bevor er etwas sagte, war Uli bleich geworden. Jeweils ein bis zwei Tage vor den Bränden stand der Name von Marions Vater.

»Unmittelbar vor den Brandstiftungen hatten wir nur mit dem Rechtsanwalt zu tun«, sagte der Bauer auch schon. »Und der kann es wohl schlecht gewesen sein, oder?« Er lachte.

Uli biß die Zähne zusammen und versuchte zu lächeln. Der Bauer sollte ja nichts merken. »Entschuldigen Sie, aber wegen was brauchten Sie ihn denn so oft?«

»Du willst aber auch alles wissen. Na ja, warum soll ich es dir nicht sagen? Wir haben Ärger mit einer Behörde. Nur so 'ne Kleinigkeit. Aber ohne Rechtsanwalt wären wir die Dummen.«

Bei dem Wort »Kleinigkeit« war Uli noch bleicher geworden. Aber der Bauer erzählte schon weiter: »Heute abend haben wir noch mal was mit ihm zu besprechen.«

Uli schluckte. Um alles ganz unauffällig zu machen, fragte er langsam: »Und sonst sind Sie mit niemandem kurz vor den Bränden zusammengetroffen, auch wenn's vielleicht nicht im Kalender steht?«

»Wir kommen mit vielen Leuten zusammen, Uli. Aber – ich wüßte nicht, was da wichtig wäre.«

»Na ja, gut. Dann – auf Wiedersehen!« Uli holte tief Luft. »Man kann eben nicht alles rauskriegen.«

»Auf Wiedersehen, Uli!«

Während Uli den Hof überquerte, blickte ihm die Bauersfrau nachdenklich hinterher. Dann sprach ihr Mann sie an. »So alt wäre unser Sohn jetzt auch, aber leider ...«

Sie nickte. »Weißt du, irgend etwas beschäftigt den Jungen. Als er den Namen des Rechtsanwaltes las, wurde er ganz blaß. Hoffentlich setzt er nicht irgend einen Verdacht in die Welt. Ich könnte mir vorstellen, daß da der Rechtsanwalt ganz schön ärgerlich würde.«

»Das glaube ich nicht. Der Uli ist in Ordnung, Frau.«

Uli wußte nicht recht, was er tun sollte. Mit klopfendem Herzen fuhr er ziellos durch das Dorf. Nun war es fast sicher: Marions Vater war der Brandstif... Uli weigerte sich, weiterzudenken.

»Hallo, Uli! Was machst du denn heute früh schon?«

Erschrocken hielt er an. Neben ihm stand Marion mit ihrem Fahrrad. Sie mußte ihm schon ein Stückchen hinterhergefahren sein und hatte ihn nun eingeholt. Sie standen direkt neben der Kirche des Ortes.

»Du bist ja ganz in Gedanken, Uli. Wieder der Brandstifter?«

Uli schluckte. Was sollte er sagen? »Mm, der...«, murmelte er leise. Was sollte er nur sagen?

Doch Marion hielt sich an dieser Frage nicht auf. »Setzen wir uns da rüber auf die Bank?«

Uli nickte. Sie legten die Räder ins Gras und setzten sich auf die Bank, die in einem kleinen Park bei der Kirche stand.

»Meine Mutter hat gesagt, daß wir noch ein wenig Abschied feiern sollen«, plauderte Marion munter drauflos. »In zwei Tagen mußt du ja schon wieder fahren. Sie dachte, wir sollten es heute abend machen; morgen ist es nämlich für meine Mutter ungeschickt. Das machen wir doch, oder?«

»Was sollen wir denn da machen?« fragte Uli unbeholfen.

»Das ist unsere Überraschung. Also, es klappt, ja?«

Irgendwie brachten sie auch den Rest des Tages herum. Uli gab sich alle Mühe, seine schweren Gedanken zu verbergen. Und das schien ihm auch zu gelingen. Marion schaute ihn zwar einige Male eigenartig an, aber sie sagte nichts.

Kurz vor sechs schickte sie ihn zu seiner Tante. »Du mußt dich unbedingt feierlich anziehen«, meinte sie lächelnd.

Und Uli machte ihr die Freude. Seine Tante half mit einer bunten Krawatte von Onkel Georg nach, und so kam Uli ganz feierlich gekleidet bald darauf wieder bei Marion an.

Zuerst war er sprachlos, als er sie sah. Sie hatte ein langes hellblaues Kleid angezogen, mit dem sie auch zu jeder Hochzeit hätte gehen können. Da konnte Uli natürlich nicht ganz mit. Er hatte nur eine gute Hose und seinen Anorak an. Noch nicht mal ein weißes Hemd hatte er dabeigehabt. Wer nimmt auch so was mit in die Ferien!

»Klasse siehst du aus. Komm rein!« sagte Marion dennoch.

Sie hatte nicht zuviel versprochen. Es war wirklich eine Überraschung. Das Eßzimmer war festlich mit Kerzen, Servietten und wertvollem Geschirr geschmückt. Und es gab ein wahrhaft königliches Essen: Pommes frites, Fleisch, Gemüse – und als Nachtisch Eis.

Hinterher war Uli fast schlecht, soviel hatte er gegessen. »Puh, das hat gut geschmeckt!« Uli stöhnte.

»Ja, und Marion hat es alles gekocht«, sagte ihre Mutter, die gerade in den Raum gekommen war.

»Ja, aber du hast mir auch geholfen, Mutti. Sonst hätte ich es in der kurzen Zeit nicht geschafft.«

»Trotzdem, Marion, das meiste hast du selbst gemacht.«

»Ist Vati noch nicht da?« versuchte Marion abzulenken.

»Doch, aber er muß noch kurz zum Bauern Wilhelm.«

Marions Gesichtsausdruck wurde finster. »Was will er denn schon wieder dort?«

»Immer noch die gleiche Geschichte«, antwortete ihre Mutter. »Aber das ist jetzt wirklich nicht wichtig, Marion.«

Ab diesem Augenblick war die feierliche Stimmung irgendwie kaputt. Nicht nur Uli starrte stur auf die Tischdecke, auch Marion war plötzlich einsilbig geworden.

Sie gingen später noch auf Marions Zimmer und begannen eine Schachpartie, aber beide waren nicht so richtig bei der Sache.

»Komm, hören wir auf«, sagte Marion endlich.

»Wir haben heute beide keinen Kopf dafür. – Sag mal, wann mußt du denn fahren? Ich meine übermorgen«, fuhr sie fort.

»Ich habe mit meinem Onkel gesprochen. Er hat sich beim Bahnhof erkundigt. Früh um sechs fährt ein Zug, aber kurz nach dem Mittagessen fährt auch einer, da muß ich nicht so oft umsteigen, weißt du.«

»Dann bist du ja noch fast einen halben Tag länger da!« Marions Gesicht hellte sich auf.

Deshalb ist sie also so bedrückt, dachte Uli. Weil ich wegfahren muß. Mir geht es ja auch nicht anders. Schade! Man freundet sich an, und dann wohnt man so weit auseinander. Aber wir können uns ja schreiben. Wenn sie mir noch schreiben will, nachdem ich ihren Vater anzeigen muß. Bestimmt ist sie dann stocksauer auf mich.

Er versuchte diese Gedanken zu verscheuchen. Aber das ging nicht so einfach. Oder sollte er nicht doch einfach schweigen? Vielleicht entdeckt ihn die Polizei auch ohne mich, überlegte er kurz. Nein, das kann ich nicht machen. Wer weiß, was sonst noch alles passiert, und ich wäre schuld daran, wenn er noch was anzündet.

»Schreibst du mir mal?« Marion riß ihn aus seinen Gedanken.

Uli grinste. »Gern, wenn du meine Schrift lesen kannst.«

»Mußt dich halt mal ein wenig anstrengen und sauberer schreiben.«

»Mal sehn.«

Wieder saßen sie stumm und nachdenklich herum.

»So«, sagte Uli endlich, »ich glaube, ich fahre dann zu meinem Onkel. Morgen können wir ja noch mal was unternehmen.«

»Ja, morgen . . .«

Nachdenklich stand Uli in seinem Zimmer am Fenster und blickte in den langsam dunkler werdenden Himmel. Was mache ich nur? fragte er sich immer wieder. Soll ich mit meinem Onkel reden?

Und wenn ich mich doch täusche? Alles ist ja nur ein Verdacht. Vielleicht ist es nur ein Zusammentreffen unglücklicher Umstände. Ich habe den Anwalt ja nicht gesehen, wie er eine Scheune angesteckt hat.

Plötzlich wurde Uli noch aufgeregter. Heute abend war der Rechtsanwalt beim Bauern gewesen. Vielleicht . . .

Auf jeden Fall würde er heute nacht vor Marions Elternhaus Wache schieben. Wenn nichts geschah, war Uli so klug wie zuvor. Wurde irgendwo etwas angesteckt und der Anwalt verließ sein Haus nicht, dann wußte er, daß er sich getäuscht hatte. Und wenn der Anwalt das Haus . . . – dann werde ich ihn verfolgen und mir Gewißheit verschaffen, sagte sich Uli. Er nickte – so, als müßte er sich selbst seinen Entschluß bestätigen.

Schnell hatte er sich umgezogen und eine Taschenlampe eingesteckt. Dann kletterte er leise aus dem Fenster. Sein Zimmer war ja im Erdgeschoß. Onkel und Tante würden nichts merken, die schliefen auf der anderen Seite des Hauses.

Wenig später hatte Uli das Haus des Rechtsanwaltes erreicht. Er suchte sich ein Versteck bei einem Gebüsch auf einer Wiese. Von dort aus konnte er das ganze Grundstück einigermaßen überblicken. Es war jetzt dunkel, aber der Mond gab ein ausreichendes Licht. Sollte jemand das Haus verlassen, konnte Uli ihn auch dort noch gut verfolgen, wo keine Straßenlampen brannten.

Gerade fuhr der Wagen des Anwalts die Garageneinfahrt hinauf. Uli war also rechtzeitig gekommen. Er sah von seinem Versteck aus, wie Marions Vater die Garage schloß und ins Haus ging.

Und dann wurde Ulis Geduld auf eine lange Probe gestellt. Unheimlich langsam flossen die Stunden dahin. Uli sah, wie es in verschiedenen Fenstern hell wurde und nach einiger Zeit das Licht wieder verlosch.

Er wünschte sich jetzt fast, daß es heute nacht irgendwo brennen sollte – aber natürlich ohne daß Marions Vater das Haus verlassen würde. Schnell schob er den unmöglichen Gedanken beiseite. Wie konnte er nur so etwas wünschen!

Obwohl es noch Hochsommer war, wurde es langsam kalt. Sehnsüchtig wartete Uli auf die Schläge der Kirchturmuhr, die anzeigten, daß wieder eine Stunde vorüber war.

Wenn nur die Nacht schon um wäre!

6. Nächtliche Jagd

Mitternacht ging vorüber. Ein Uhr. Zwei Uhr. Uli war todmüde. Ein paarmal schon hatte er sich anders hingesetzt, sonst schliefen ihm noch die Beine ein. »So was Blödes!« schimpfte er über sich selbst. Aber er wollte ausharren. Wenn es irgendwo brennen sollte, ohne daß Marions Vater...

Er kam nicht mehr dazu, weiterzudenken. Fast hätte er es nicht bemerkt. Ganz hinten neben dem Haus wurde für einen Augenblick ein langer, schwacher Schatten sichtbar, der aber sofort wieder verschwand. Uli blickte automatisch auf seine Uhr: kurz vor drei.

Lautlos verließ er sein Versteck und schlich sich an der Hecke hinter dem Haus entlang. Vor ihm war nun ein niedriger Zaun zum Nachbargarten des Anwalts. Darüber mußte er gestiegen sein.

Klar, dachte Uli. Der will sich nicht auf den Gehwegen sehen lassen. Es könnte ihm ja jemand begegnen. Schnell kletterte auch Uli über den Zaun. Es ging noch durch ein paar Gärten hindurch, dann stand Uli vor Wiesen und Feldern am Rande des Dorfes.

In gebückter Haltung suchte er mit den Augen das vor ihm liegende Gelände ab. Nur gut, daß

Vollmond war, auch wenn das kalte weiße Mondlicht gespenstisch wirkte.

Da vorn! Ein schwacher Schatten huschte rechts über ein Feld.

Vorsichtig lief Uli hinterher. Wo wollte der Anwalt hin? überlegte er angestrengt. Plötzlich durchfuhr ihn ein Schreck. In dieser Richtung lag doch der Hof des Bauern Wilhelm! Würde er am Ende dessen Haus anstecken?

Uli lief noch etwas schneller. Nur ab und zu konnte er im Mondlicht die Gestalt weit vor sich erkennen. Er hielt einen langen Abstand, damit er selbst nicht bemerkt wurde.

Er hatte sich nicht getäuscht. Vor ihm lag der Hof des Bauern Wilhelm mit dem Wohnhaus, den Stallgebäuden, der großen Scheune und einigen kleineren Nebengebäuden.

Wo war der Anwalt jetzt? Uli hatte sich hinter einem Strauch auf die kalte Erde gelegt. Sollte er sofort Alarm schlagen?

Nein! Dann war ja noch nichts bewiesen. Aber wenn Feuer sichtbar würde und er dann sofort darauf aufmerksam machte, dann hätte man den Brandstifter auf frischer Tat gefaßt. Und der Schaden würde bestimmt nicht allzu groß werden, wenn man das Feuer sofort löschte.

Aufgeregt suchten Ulis Augen alles ab. Aber von dem Brandstifter war keine Spur mehr zu sehen. Hatte er sich vielleicht an dem Hof vorbeigeschlichen und war schon ganz woanders? Und warum schlug der Hund des Bauern nicht an?

Gerade wollte Uli aufstehen, um an dem Hof vorbeizurennen und nachzusehen, ob er vielleicht auf der anderen Seite etwas entdecken könnte, da flackerte in einem Fenster eines Nebengebäudes ein schwacher Lichtschein auf.

Uli überlegte kurz. Was war das für ein Schuppen? Aber nein, es war kein Schuppen, sondern die Garage des Bauern. Wenn es dort brannte, dann war nicht nur das Gebäude, sondern auch das Auto zerstört!

Uli sprang auf. Hinter der Garage sah er für einen Augenblick wieder die Gestalt. Er rannte los. Jetzt begann der Hund zu bellen. Einen Augenblick zögerte Uli. Sollte er den Brandstifter verfolgen oder lieber Alarm schlagen?

Aber da wurde schon ein Fenster des Bauernhauses aufgerissen. Der Bauer schaute heraus. Schon hatte er den Feuerschein bemerkt und begann zu schreien. Nun hielt Uli nichts mehr auf. Er rannte, so schnell er konnte, in die Richtung, in der die Gestalt verschwunden war.

Bald habe ich ihn! Was mache ich dann? Daran erst später denken ... So rasten ihm die Gedanken durch den Kopf.

Der Brandstifter hatte Uli offensichtlich bemerkt, denn er entfernte sich immer weiter vom Dorf und lief nicht in die Richtung von Marions Elternhaus. Einige Male meinte Uli ihn schon aus den Augen verloren zu haben, aber dann konnte er weit vor sich doch wieder die schattenhafte Gestalt ausmachen.

Mensch, der rennt ja auf das Waldstück da vorn zu! Bestimmt will er sich dort verstecken, dachte Uli atemlos. Er versuchte noch schneller zu rennen. Ein paarmal stolperte er auf dem unebenen Feld. Aber er kam dem Verfolgten langsam näher.

Da hatte dieser den Waldrand erreicht. Uli setzte zum Endspurt an. Schon war er auch an der Stelle, an der die Gestalt verschwunden war. Atemlos blieb er stehen. Vor sich hörte er ein lautes Krachen von niedergetretenen Ästen.

Sofort hinterher! Im Dunkel des Waldes schlugen ihm Äste ins Gesicht. Er blieb mit seinen Kleidern hängen und stolperte über Wurzeln, aber er ließ sich nicht aufhalten.

Auf einmal ging es vor ihm steil bergab. Er rutschte aus und sauste ein kurzes Stück den Abhang hinunter. Atemlos blieb er liegen und lauschte in das Dunkel.

Von unten hörte er leises Wasserrauschen. Bestimmt war hier eine kleine Schlucht, durch die ein Bach floß. Uli blieb ruhig liegen. Stille. Nur das Rufen eines Nachtvogels irgendwo in der Ferne. Ist er mir doch entwischt? Uli wischte sich den Schweiß von der Stirn.

Da! Es war nur ein ganz schwacher Laut gewesen; aber Uli hatte ihn gehört. Langsam schlich er in diese Richtung. Es ging noch weiter nach unten. Das Rauschen des Baches wurde lauter.

Wieder solch ein schwaches Krachen! Uli versuchte schneller voranzukommen, ohne selbst auch auf Äste zu treten. Aber das war nicht ganz einfach hier im Dunkeln. Und hätte er seine Taschenlampe angeknipst, wäre er ja sofort verraten gewesen.

Er hörte ein ungewöhnliches Plätschern. Jetzt ging der Anwalt sicher durch den Bach. Uli hastete weiter nach unten.

Schnell hatte auch er den Bach durchwatet. Das Wasser war kalt. Uli achtete nicht darauf und auch nicht auf die nassen Strümpfe und Schuhe, die er nun hatte.

Da! Er hörte ein lautes Krachen, nur ein kurzes Stück vor sich weiter oben. Sofort sprang er den Abhang der kleinen Schlucht hinauf.

Nun hatte er es bald geschafft. Die Geräusche wurden immer lauter. Auch Uli bemühte sich nicht mehr, leise zu laufen. Da kann er noch so rennen, ich hole ihn doch ein! Gleich ist das Versteckspiel zu Ende!

Er hielt die Taschenlampe bereit, um sie in dem Augenblick einzuschalten, wo er den Anwalt direkt vor sich haben würde.

Plötzlich war es ganz still. Schwer atmend blieb Uli stehen.

Minuten verstrichen. Nichts war mehr zu hören. Hat er sich versteckt? Was mache ich nun? Uli überlegte angestrengt. Erst mal abwarten!

Es blieb still. Nur der Wind war zu hören, der durch die Baumwipfel weit oben fuhr. Ulis Atem ging wieder langsamer. Wenn sich der Anwalt nun ganz leise wegschleicht, ohne daß ich es merke ...

Plötzlich hörte er unten aus der Schlucht einen schwachen Aufschrei. Augenblicklich kam Leben in seinen nun wieder ausgeruhten Körper. Er hastete zwischen den Bäumen den Hang zurück nach unten. Am Bach blieb er stehen. Stille. Ulis Herz klopfte wieder bis zum Hals. Warum dieser Aufschrei? War der Anwalt vielleicht ausgerutscht? Vielleicht ... Nein, sicher war er zurückgekrochen und dann ...

Uli hörte ganz in seiner Nähe ein schwaches Stöhnen. Langsam drehte er den Kopf. Aha, aus dieser Richtung kam das Geräusch!

Meter für Meter schlich er nun vorwärts. Das Stöhnen wurde mit jedem Schritt lauter.

Jetzt schaltete Uli seine Taschenlampe an. Nur kurz mußte sich der Lichtkegel sein Ziel suchen. Uli erstarrte.

»Marion!?«

Ungläubig starrte er auf das Mädchen, das zu seinen Füßen im Schein der Lampe zu sehen war.

Mit schmerzverzerrtem Gesicht schaute sie zu Boden. Ulis Blick glitt an ihrem Anorak und der Hose entlang, und da sah er, warum sie so gestöhnt hatte. Mit dem rechten Fuß war sie irgendwo hängengeblieben, dann gefallen und hatte sich den Knöchel verstaucht, wenn nicht gar gebrochen.

Den rechten Schuh hatte sie dabei verloren. Er lag ein Stück vor ihr am Boden.

Einen Augenblick vergaß Uli alles andere und dachte nur daran, ihr zu helfen. »Tut's sehr weh?« fragte er mitfühlend.

Marion nickte stumm.

Langsam trat Uli neben sie und kniete sich vor sie auf den feuchten Waldboden. Scheu warf sie ihm einen kurzen Blick zu, wich aber seinen Augen sofort wieder aus.

Sanft befühlte Uli die Schwellung am Knöchel. Marion biß die Zähne zusammen und schwieg. Doch als Uli sie wieder anschaute, sah er Tränen in ihren Augen. Sie wandte den Kopf zur Seite und versuchte die Tränen mit dem Anorakärmel wegzuwischen.

Uli hielt es nicht länger aus. »Warum hast du das getan, Marion?«

Sie schwieg.

»Marion – warum?«

»Für die Erbschaft hat er einen anderen Anwalt genommen«, preßte sie hervor, »und für so Arbeiten mit den Behörden, wo Vati nicht viel verdienen kann, da nimmt er ...« Sie schluchzte auf. »Vati hat sich richtig aufgeregt darüber. Jedesmal, wenn er bei ihm war. Und da wollte ich ihn rächen, das hat der Bauer auch verdie ...«

Doch Marion sprach nicht weiter. Sie spürte ganz genau, daß sie nicht recht hatte.

»Und bei den anderen Schuppen?« fragte Uli weiter.

»Beim ersten, da hatte der Bauer meinen Vater beleidigt. Und den alten Schuppen vom Nachbarn deines Onkels habe ich nur angezündet, weil ich fürchtete, dir fällt das auf, daß es immer beim Bauern Wilhelm ist. Und ich hatte solche Angst, du könntest doch was finden und ... Aber nun ist es ja doch passiert.«

Uli nickte. Ganz leise berichtete er Marion, wie er auf die Spur gekommen war.

Als er fertigerzählt hatte, saß er schweigend neben ihr auf dem Waldboden. Er fühlte sich todmüde und leer. Wäre es der Anwalt gewesen – schlimm genug; aber Marion!

»Und nun?« flüsterte sie leise.

»Meinst du, daß du laufen kannst?«

»Ich kann es ja mal versuchen, Uli.«

Irgendwie klappte es wirklich. Uli stützte sie, und gemeinsam kamen sie aus der Schlucht heraus. Ab und zu stöhnte Marion laut auf, wenn ihr kranker Fuß doch einmal den Boden berührte.

So furchtbar ist Schuld, dachte Uli, während sie sich über die nächtlichen Felder und Wiesen im Schein der Taschenlampe langsam dem Dorf näherten. »Die Sünde ist der Menschen Verderben«, heißt es in der Bibel, kam es Uli in den Sinn. Ja, das stimmte. – Was würde Marions Vater sagen? Was ihre Mutter? Und dann würde ja die Polizei alles erfahren, ja im ganzen Ort würde man davon sprechen. Und erst in der Schule!

Uli konnte sich vorstellen, wie verzweifelt Marion sein mußte. Ganz leise flüsterte er: »Herr Jesus, hilf du ihr doch!«

Marion schien es verstanden zu haben. »Meinst du wirklich, Uli, daß Jesus mir helfen kann?«

»Ja«, sagte Uli schwach. Er konnte sich allerdings nicht vorstellen, wie das passieren sollte.

»Aber Gott will doch bestimmt nichts mehr mit mir zu tun haben, nachdem ich das gemacht habe.«

Uli holte tief Luft, ehe er antwortete. »Marion, gerade wegen der bösen Dinge in unserem Leben ist Jesus auf dieser Welt geboren worden. Deshalb wurde er ans Kreuz genagelt und ist für uns gestorben. Wir brauchen ihn nur um Vergebung zu bitten, und er verzeiht uns. Natürlich möchte er dann auch unser Leben bestimmen. Wir sollen ihn in unser Leben aufnehmen, ihm uns anvertrauen, wie das die Bibel nennt.«

»Ist schon gut, Uli. Ich kann das nicht glauben, daß er mich leiden mag. Ich komm mir so ...« – sie suchte nach dem richtigen Wort – »so schmutzig vor. Verstehst du?«

Uli nickte kurz. Er fühlte sich so traurig, als wenn in dieser Nacht seine Eltern gestorben wären. Immer wieder schüttelte er den Kopf. Er ertappte sich bei dem Gedanken, daß alles gewiß nur ein Traum war, aus dem er bald aufwachen würde. Aber leider war es Wirklichkeit.

7. Die Entscheidung

Sie hatten den Dorfrand erreicht. In weiter Entfernung sahen sie den Hof des Bauern Wilhelm. Überall waren helle Lampen angeschaltet. Man sah kaum noch Rauch. Die Feuerwehr hat den Brand wohl schon gelöscht, dachte Uli kurz.

»Redest du mit meinem Vater? Bitte, Uli!«

Sie sagte das so flehend, daß Uli fast nicht ablehnen wollte. Doch da fiel ihm ein Satz ein, den er einmal in der Jungschar gehört hatte: ›Bekennen macht froh.‹ Dazu hatte der Jungscharleiter gesagt, daß es nicht nur froh macht, seinen Freunden von Jesus weiterzusagen, also ihn zu bekennen, sondern daß damit auch das Bekennen der eigenen Schuld gemeint war.

»Marion, sage es deinem Vater bitte selbst. Ich glaube, dann wirst du alles eher los sein. Weißt du, wenn wir etwas bekennen, ich meine zugeben, dann kann es auch in Ordnung kommen. Dann . . .«

Marion unterbrach ihn. »Ich glaube fast, ich verstehe dich schon. Ein klein wenig bin ich sogar froh, daß jetzt alles herausgekommen ist. Ich weiß, das hört sich komisch an, aber früher hatte ich immer Angst, daß eines Tages alles herauskommen würde. Abends vor dem Einschlafen drückte mich oft mein schlechtes Gewissen, und dann tat mir der

Bauer Wilhelm auch leid – trotz allem. Aber es war wie ein Zwang; ich mußte es einfach tun.«

Uli blickte nachdenklich zu Boden. »Weißt du, Marion, da steht in der Bibel: ›Wenn wir Gott unsere Sünden bekennen, dann vergibt er sie uns und reinigt uns.‹ Ein anderes Mal sagt Jesus, daß jemand, der sündigt, ein Knecht, ein Sklave der Sünde ist. Wer Böses tut, muß es einfach tun. Verstehst du das?«

Marion nickte. »Ich werde es mir überlegen, das mit dem Bekennen vor Gott. Aber mit meinem Vater rede ich selbst. Komm, gehen wir weiter!«

Bald darauf standen sie vor dem Haus von Marions Eltern.

Uli klingelte. Es dauerte eine Weile, bis sich eines der oberen Fenster öffnete. Verschlafen schaute der Anwalt nach unten. »Marion! Aber um alles in der Welt . . .«

»Bitte lassen Sie uns rein. Sie hat sich den Knöchel verstaucht«, rief Uli nach oben.

Wenig später saß er mit Marions Vater im Wohnzimmer, während ihre Mutter in der Küche nasse Umschläge auf den Knöchel legte. Der Arzt würde bald kommen; sie hatten schon angerufen.

»So, Uli. Marion hat mir gerade kurz die ganze Geschichte erzählt«, begann der Rechtsanwalt. »Aber ihr Knöchel tut sehr weh, und sie sagte, du könntest mir alles noch mal genau erklären.« Sein Gesicht war wie eine versteinerte Maske. Wie hatte das nur geschehen können? Ausgerechnet Marion!

Langsam und stockend erzählte Uli alles. Er wurde rot, als er davon sprach, wie er den Rechtsanwalt verdächtigt hatte.

Endlich war er fertig und hatte es hinter sich. »Und bitte seien Sie ihr nicht ganz so böse«, stotterte er zum Schluß.

Marions Vater saß in sich zusammengesunken auf einem Sessel. Sein unbewegtes Gesicht war aschfahl geworden. Die gefalteten Hände drückte er so fest zusammen, daß sie rot anliefen. Sein Atem ging schwer.

Es klingelte. Er stand auf, um die Tür zu öffnen. Uli hörte, wie er den Hausarzt begrüßte.

Als nach etwa einer halben Stunde der Arzt das Haus verließ, saß Uli noch immer im Wohnzimmer. Was sollte er jetzt tun? Er wußte es nicht. Gehen wollte er nicht. Erst mußte er wissen, wie alles weiterging.

So blieb Uli einfach sitzen. Nach einer weiteren Stunde saß er immer noch auf demselben Platz.

Marions Vater kam zur Tür herein. Auf seinen Armen trug er seine Tochter. Der Knöchel war dick verbunden, und das Weiß der Mullbinden gab einen starken Kontrast zu dem kräftigen Rot von Marions Morgenmantel, den sie jetzt trug.

Uli hatte die ganze Zeit leise gebetet, daß Jesus Marion doch helfen sollte. Vor allem wünschte er sich, daß sie ihr Leben Jesus anvertrauen würde.

»So«, sagte der Anwalt, als er Marion in einen Sessel abgesetzt hatte. Uli schaute ihr ins Gesicht. Sie lächelte ihn an. Er zog die Stirn in Falten: Alles in Ordnung? sollte das heißen. Marion nickte.

Auch der Anwalt hatte sich inzwischen hingesetzt. »Uli«, sagte er, »ich möchte mich bei dir bedanken, daß du Marion geholfen hast. Nicht nur weil du sie den Weg von der Schlucht bis hierher gestützt hast – übrigens: Der Knöchel ist nur verstaucht, ist halb so schlimm –, nein, ich möchte mich bei dir bedanken, daß ...« Er suchte nach den richtigen Worten. »Eigentlich ist es ja gut, daß du alles aufgedeckt hast. Wer weiß, was sonst noch alles passiert wäre!« Er holte tief Luft.

»Und – ich meine, was wird nun?« stotterte Uli.

»Wir werden den Leuten, bei denen es gebrannt hat, den Schaden ersetzen. Außerdem muß ich es natürlich der Polizei melden. Da führt kein Weg dran vorbei.«

Uli wurde blaß.

»Aber ins Gefängnis komm ich nicht, keine Angst«, beruhigte Marion ihn. »Ich bin ja noch nicht alt genug dazu. Obwohl ich's wirklich verdient hätte. Mir tut alles ganz furchtbar leid. Aber Vati hat mir vergeben.« Ihre Augen leuchteten bei den letzten Worten.

Uli schaute lächelnd zu Boden.

»Für mich ist es Strafe genug, daß Vati nun alles bezahlen muß«, fuhr Marion fort. »Wie konnte ich nur so was machen?!«

Uli saß allein im Zugabteil. Mit jedem Kilometer kam er seiner Heimat näher.

Immer wieder mußte er lächeln, wenn er an die letzten Worte Marions dachte. »Uli«, hatte sie zum Abschied gesagt, »jetzt weiß ich, daß Jesus mich liebhat. Es ist ja fast so wie mit meinem Vater. Obwohl ich das angestellt habe, liebt er mich. Er bezahlt für mich, und alles ist wieder gut. So ähnlich ist es doch bei Jesus auch, nicht wahr? Er hat am Kreuz für meine Sünden bezahlt, und wenn ich ihm gehöre, ist alles gut.«

Uli hatte glücklich genickt.

»Ja«, erzählte Marion fröhlich weiter, »ich bin jetzt Gottes Kind, und ich weiß, er wird mir auch helfen, wenn mich die anderen Leute im Dorf komisch anschauen. Und« – ihre Stimme wurde ganz leise – »beim Bauern Wilhelm will ich mich gleich nachher entschuldigen.«

Draußen sauste gerade ein entgegenkommender Zug vorbei. Uli schüttelte den Kopf. Daß ich solche Abenteuer erlebe!

»Noch eine Frage«

Ich sitze im Grünen und wünsche mir . . .

Vielleicht kennst Du dieses Kreisspiel, bei dem man sich jemanden wünschen darf, der dann blitzschnell den freien Platz rechts neben dem Wünschenden belegen muß. Schnell muß der linke Nachbar des frei gewordenen Stuhles weitermachen – und immer so fort. Wer zu langsam ist, scheidet aus.

Auch ich habe einen Wunsch. Ich wünsche mir, ich könnte Dich – ja, ich meine wirklich Dich! – neben mir haben. Dann könnte ich Dich fragen, ob Du auch alles verstanden hast, was ich in diesem Buch geschrieben habe. Mein Freund »Kommissar Uli«, der hat ja begriffen, was ich meine. Ob ich es Dir genausogut verständlich machen konnte?

Klasse, wenn jetzt alles klar ist. Was aber machen, wenn doch noch etwas unklar blieb? In diesem Fall kannst Du mir ja einmal schreiben (falls Du sonst niemand kennst). Du bekommst ganz bestimmt eine Antwort. Hier ist meine Adresse:

Andreas Schwantge
Postfach 1220
7303 Neuhausen-Stuttgart

Dein
Andreas Schwantge

Im Schatten der Geister

von
Veronika und
Norbert Fritz

Pb., 192 S.,
Nr. 56106, JM ab 12 J.

Ein scharrendes Geräusch verjagte die Stille im Raum. Schwarze Wolke erhob sich. Seine Hand zeigte auf Großer Bär. »Ich habe eine Frage an ihn!« Alle Augen richteten sich auf Großer Bär, für den eine Hoffnung zusammenbrach. Nein, die gütige Hand Gottes, der Himmel und Erde gemacht hatte, lag nicht auf ihm. Statt dessen schien ihn der haßerfüllte Atem der Geister kalt zu umwehen. Ein spannendes Buch über die Erlebnisse eines Indianerjungen und seiner Schwester.

Hänssler-Jugendbücher . . . spannend . . . informativ . . . immer eine Freude!

Andreas Schwantge
Der Feuerteufel

Pb., 96 S., Nr. 73 602, DM 7,80

Nachts in einem Pfahlhaus auf einer Flußinsel übernachten? Petra und Birgit lassen sich von Wolfi und Frieder überreden. Als Birgit die Jungen überraschen will, macht sie eine furchtbare Entdeckung. Unerwartete Ereignisse stürzen die Freunde in einen Wettlauf mit dem Tod. Wer ist der »Feuerteufel«? Alles hängt auf einmal von der Antwort auf diese Frage ab.

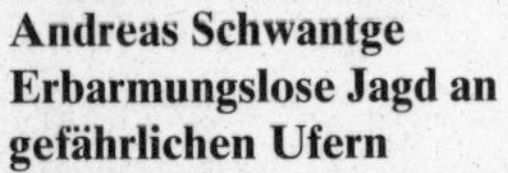

Andreas Schwantge
Erbarmungslose Jagd an gefährlichen Ufern

Tb., 112 S., Nr. 73 043, DM 6,80

Wir schreiben das Jahr 1527. Durch Rom ziehen plündernde Söldnerheere. Doch Pedro, der in Portugal lebt, hat andere Sorgen. »Du Sohn eines Verbrechers, dich bringe ich um!« droht ihm der Bauer Sancho, bei dem er wohnt. Nun flieht er vom Hof des Bauern. Pedro hat ein phantastisches Ziel: die Neue Welt – Amerika, das man erst vor rund 30 Jahren entdeckt hat.

Andreas Schwantge
Der unheimliche Erpresser

Tb., 64 S., Nr. 75 301, DM 2,80

Es ist zum Verzweifeln! Geht das noch mit rechten Dingen zu? – Es fing damit an, daß vor der Schule Fahrräder beschädigt wurden. Rolf, Theo und seine Freunde entdecken, daß der stärkste Junge der Täter ist. Sie erteilen ihm eine Lektion. Nur – er darf niemals erfahren, wer es war! Da meldet sich ein Erpresser und fordert Geld; sonst würde er sie verraten.